Le chat Slave

Éditeur : BoD-Books on Demand
12-14 rond-point des Champs-Élysées, 75008 Paris
Impression : Books on Demand, Norderstedt, Allemagne

Illustrations : Geneviève Koutzenko -
https://www.vendomeskaya.fr/jadore/DSC_3437.JPG

ISBN : 978-2-3222-3782-1

Dépôt légal : Juillet 2020

PREAMBULE

Petits conseils aux lecteurs.

En accompagnant ce " jeune " détective dans cette enquête, apprêtez-vous à vivre une aventure exaltante, à découvrir des paysages à couper le souffle, à ressentir de l'émotion, à être ébahi par du suspense insoutenable, à être époustouflé par des moments d'action et des cascades intrépides, à assister à des scènes pleines d'érotisme, à être témoin de revirements de situation inimaginables, à voir de l'hémoglobine couler à flots, à être spectateur de morts violentes dans des combats à arme blanche et au pistolet, à parfaire votre culture musicale, et pour finir ... à participer à un jeu de devinettes. Et tout cela pour quelques euros, cela ne valait pas la peine de s'en priver !

Éloignez les enfants, les femmes enceintes, les vieillards, les insuffisants cardiaques et toutes personnes présentant des faiblesses émotionnelles. Âmes sensibles, passez votre chemin.

Je vous aurai prévenus mais si vous vous sentez la force d'aller plus loin, installez-vous confortablement et commencez à lire cette captivante aventure !

Contrairement à ce que vous allez penser en lisant cette histoire, ce n'est qu'une pure fiction (étonnant !). Les personnages, les noms et les situations sont sortis par je ne sais quel miracle ou quelle malédiction de mon imagination et toute ressemblance avec des personnes, des lieux ou des situations seraient d'une extraordinaire coïncidence.

Chapitre 1

Toute première fois, toute toute première fois... *(Jeanne Mas)*

Je suis heureux, hier j'ai obtenu mon agrément du ministère de l'Intérieur pour exercer la profession de .... DÉTECTIVE PRIVE. Métier dont je rêvais depuis trop longtemps.

J'avais couru aussitôt me faire graver une enseigne professionnelle aux lettres d'or:

G. TROUVER

Détective Privé

Enquêtes en tous genres et en toute discrétion

2ème étage droite

Et ce matin, réveillé de très bonne heure par la tâche à accomplir, je fixai fièrement mon enseigne sur le mur à l'entrée de mon immeuble.

J'étais vraiment concentré sur mon travail. Après avoir soigneusement percé les trous aux endroits adéquats et enfoncé les petites chevilles en plastique qui vont bien, j'étais sur le point d'apposer mon nom à côté de ceux du dentiste et de l'avocat de l'escalier, c'était un tournant dans ma vie à n'en pas douter !

Tournevis dans une main, l'autre qui tenait une vis et mon coude qui plaquait l'enseigne au mur, j'essayai tant bien que mal d'engager cette première vis *(d'accord, a priori je m'y prends mal. Je ne suis pas très bricoleur comme vous pouvez le constater)* quand on me tapa doucement sur l'épaule.

Je me retournai. Une jeune femme se tenait devant moi, la surprise me fit lâcher tout ce que j'avais en main. C'était une très belle et grande jeune femme blonde aux yeux bleus, elle devait avoir dans les trente-cinq ans et sous son manteau léger on pouvait voir qu'elle avait un corps de top model, du genre de celles qui sont aux bras des joueurs de football, c'est vous dire. *(C'est moi qui choisis les personnages, alors je me fais plaisir !)*

Elle me demanda avec un fort accent slave:

- Bonjour ! Vous êtes le détective privé mentionné sur la plaque que vous avez en main ?

- Heu… Oui. Oui c'est bien moi le détective privé, répondis-je avec satisfaction.

Je fouillais dans une de mes poches et je lui tendis une de mes cartes de visite à l'encre encore humide qui venait en direct de mon imprimante et dont j'avais déjà punaisé fièrement un exemplaire sur la porte de mon appartement.

Elle lut consciencieusement le petit carton.

- Cela tombe très bien que vous vous enquêtiez sur toutes sortes d'affaires, nous allons avoir besoin de vos services !

Mon imagination débordante me faisait penser qu'elle était peut-être une agente des services secrets russes qui me demandait d'enquêter sur une affaire d'espionnage ou de vol de documents ultra-secrets. *(On a des rêves un peu fous quelquefois).* Ma renommée allait se faire dès ma première affaire !

Encore impressionné par cette pensée, je lui demandai d'une voix tremblante.

- Quel est votre problème ?

- Je suis l'assistante du dentiste du troisième étage….

C'était décevant, mes rêves s'envolaient d'un coup. Bon, pensai-je, ne crachons pas dans la soupe, un vol de matériel ou même d'un stock de dents en or pourrait faire l'affaire comme première enquête.

Ce nouveau praticien était arrivé dans l'immeuble depuis peu de temps en remplacement de l'ancien, parti en retraite. Je l'avais déjà rencontré dans l'escalier et échangé quelques mots avec lui, néanmoins je n'avais pas encore croisé sa charmante assistante et croyez-moi, elle ne s'oublie pas.

Elle poursuivit :

- ... et hier, on nous a kidnappé notre chat ! Regardez ce que nous avons reçu, en me tendant une feuille de papier pliée en quatre. « C'est une demande de rançon. Le docteur est affolé et il ne sait pas quoi faire ! »

Cela devenait navrant, enquêter sur la disparition d'un chat, tu parles d'un début de carrière, je pensais vraiment commencer avec une affaire plus sérieuse. *(Ne vous moquez pas ! je débute comme je peux mon nouveau travail de détective)*.

Cachant à grande peine ma déception, je pris la feuille et après l'avoir dépliée, je lus le texte qui était écrit avec des lettres découpées dans des magazines et collées les unes à côté des autres, formant ce message inquiétant.

SI VOUS VOULEZ REVOIR VOTRE CHAT VIVANT, PRÉPAREZ 2000 EUROS EN ESPÈCES ET COLLEZ CE SOIR UNE PASTILLE ROUGE SUR VOTRE BOÎTE AUX LETTRES. JE VOUS LAISSERAI DES INSTRUCTIONS POUR ME REMETTRE LA RANÇON ET LA RÉCUPÈRER. N'APPELEZ PAS LA POLICE SINON IL EST MORT.

- Pouvez-vous enquêter sur ce rapt ?

Après quelques secondes de feinte hésitation :

- Normalement, j'enquête sur des sujets bien plus graves et importants, comme des vols de bijoux ou de tableaux de maîtres et même sur des disparitions de personnes, fanfaronnai-je. « Mais comme vous êtes des voisins, je peux faire une exception ».

- Merci, c'est vraiment gentil, montons vite voir le docteur.

Je ramassai mes outils et mon enseigne et mis tout cela dans mon grand sac plastique provenant d'un magasin de bricolage bien connu, où il y a tout ce qu'il faut, outils et matériaux *(Pub subliminale)* et la suivit dans le hall de notre escalier.

Elle appuya sur le bouton d'appel de l'ascenseur qui arriva rapidement et nous prîmes place dans la minuscule cabine qui, d'une pression volontaire sur le chiffre adéquat de la platine, nous projeta vers le 3ème étage.

Dans cet espace étroit, nous étions presque à nous toucher. Ses longues jambes sur ses talons hauts faisaient que mon regard arrivait juste au niveau de sa poitrine qui dansait à la moindre secousse de l'ascenseur et je ne savais plus où poser les yeux. Plus que troublé par cette situation, je brisai ce silence pesant.

- Vous travaillez depuis longtemps avec le docteur ?

Nous étions arrivés et tout en sortant de l'ascenseur, elle me répondit :

- Oui cela fait deux ans. Je suis devenue son assistante juste après notre mariage.

On entra dans le cabinet dentaire où elle me demanda d'attendre dans l'entrée, puis elle disparut dans une pièce où je l'entendis entamer une discussion. En patientant, je parcourais l'entrée des yeux et je retrouvai la même configuration que dans mon appartement juste en dessous au deuxième étage. Sur les portes était collée une signalétique indiquant la fonction de chaque pièce du cabinet. En partant de la gauche, ce qui était la cuisine dans mon appartement était devenu leur "laboratoire" suivi du salon où elle était entrée, devenu la "salle des soins" puis une chambre, qui était maintenant la "salle d'attente" ensuite la porte d'un petit couloir, marquée "privé" qui devait donner, comme chez moi, sur une deuxième chambre et la salle de bain. Et pour compléter la description tout à droite dans l'entrée, il y avait la porte des toilettes.

Dans ce tour visuel, je remarquais qu'un couffin pour chat était posé au sol près de la porte d'entrée. *(Mon incroyable sens de l'observation en plein travail !)*

Après que sa femme ait expliqué ma présence, elle s'éclipsa et le docteur me fit entrer dans la salle de soins.

-   Bonjour, Monsieur Trouver.

-   Bonjour, Docteur.

Le sol était carrelé avec de grands carreaux de carrelage blanc et au centre de la pièce trônait le fauteuil de torture habituel. Dans un coin, il y avait un bureau de bois blanc où étaient posés un ordinateur portable ouvert et un cadre photo et tout à côté se trouvait un petit meuble bas qui accueillait une imprimante. Les murs étaient eux aussi d'un blanc immaculé, seule une grande photo de paysage sous la neige essayait maladroitement d'égayer le décor.

Par rapport à sa femme, le dentiste n'était pas mal non plus, la quarantaine, grand, brun, belle silhouette de sportif, belle dentition *(cela aurait été dommage sinon)* et beau visage carré. Physiquement ils formaient réellement un beau couple.

Il s'assit sur le grand tabouret à côté du siège des suppliciés. Pour ma part je restai debout loin du siège central de peur que par habitude il ne pratique son art sur moi.

Il avait ma carte de visite en main et après l'avoir lu, il me questionna.

-   Alors, je vois que vous êtes détective privé, c'est tout nouveau cette activité ?

-   Oui, c'est tout récent. Après avoir mené quelques enquêtes et dénoué quelques affaires pour des proches, j'ai décidé d'en faire mon métier et je viens tout juste d'obtenir mon agrément de la préfecture.

-   C'est très bien et cela tombe vraiment à pic, nous ne savions pas à qui nous adresser. Merci de bien vouloir vous occuper de cette malheureuse disparition, nous vous payerons ce qu'il faut pour retrouver Boris. Devant mon air étonné « Oui, Boris, c'est bien le nom que j'ai donné à mon chat. Boris est un "Sibérien", c'est un gros chat gris d'origine russe. J'aime bien la Russie et sa culture comme vous pourrez le constater en regardant la décoration du cabinet. J'ai acheté Boris dans un élevage spécialisé, il y a dix ans déjà, c'était une petite boule de poils de deux mois à l'époque, c'était bien avant que je ne rencontre Natacha ».

- Cela lui arrive de s'échapper ?

- Non, Boris ne s'est jamais sauvé, il est paisible et il l'est encore plus depuis qu'il est castré, c'est simple, il dort tout le temps.

- Vous l'amenez souvent au cabinet ?

- Nous le prenons avec nous tous les jours, comme nous le faisions dans notre ancien cabinet du centre-ville. Ici, il passe son temps à dormir dans son couffin ou dans un fauteuil de la salle d'attente et de temps en temps il va dans la cuisine à ses gamelles ou dans la salle de bain faire ses besoins dans sa litière, nous laissons pour cela toutes les portes entrouvertes.

- Depuis votre arrivée dans notre immeuble, vous avez eu des problèmes avec des voisins ou des patients ?

- Non, nous n'avons eu aucun problème ni avec les voisins ni avec nos patients. Comme vous le savez, nous avons emménagé dans ce nouveau cabinet il y a moins de deux mois en reprenant la clientèle de l'ancien dentiste en plus de notre clientèle qui a bien voulu nous suivre et cela se passait très bien jusqu'à maintenant.

- Vous voulez que je vous assiste pour la remise de la rançon ou vous voulez que je mène une enquête ?

- En fait, j'aimerais bien que vous nous assistiez pour la remise de la rançon mais j'aimerais surtout que vous enquêtiez discrètement pour retrouver qui est son kidnappeur !

- Je vais m'y efforcer. Pour commencer, avez-vous une photo de votre chat à me monter ?

- Oui, il se leva et alla prendre un album photo dans un des tiroirs de son bureau et me le donna puis il se rassit. « Vous y verrez des photos qui ont été prises il a quelques années, quand je l'emmenais pour des concours où nous y avons gagné, à l'époque, quelques premiers prix. »

Je feuilletais l'album. Oui, Boris était un gros, un très gros chat gris et blanc aux yeux clairs.

- Depuis que ces photos ont été prises, il n'a pas changé physiquement ?

- Non, dit-il en souriant à ma question « vous savez les chats ne changent pas en vieillissant, ils s'empâtent. De toute façon, les Sibériens sont rares dans notre région et si vous le voyez, vous le reconnaîtrez tout de suite ».

Il se leva de nouveau et prit le cadre photo qui était sur le bureau.

- Voici une de nos dernières photos avec Boris.

Sur la photo, il y avait la femme du dentiste emmitouflée dans un manteau de fourrure blanche à longs poils tenant dans ses bras une grosse boule de poils gris et dans ce mélange de poils ce n'était pas évident de reconnaître un chat, cela ne m'avançait guère et bien sûr la photo avait été prise dans un paysage enneigé.

Il continua :

- Et il y a aussi quelques photos de lui accrochées dans la salle d'attente.

- Il a de la valeur ?

- Plus maintenant, il est trop vieux et comme ce n'est plus un reproducteur, il est invendable. Pour moi il a une valeur sentimentale. J'ai deux amours dans ma vie, Natacha et Boris et le ravisseur en a conscience puisque la rançon demandée dépasse largement le prix d'un chaton sibérien.

- Pouvez-vous me dire quand vous vous êtes aperçu de la disparition de Boris ?

- C'était hier soir, bien après le départ du dernier patient. Comme chaque jour, nous avons rangé les instruments, nettoyé le matériel et préparé le cabinet pour le lendemain. Au moment de partir, j'ai pris le couffin et appelé Boris, mais il n'est pas venu, cela nous a étonnés puisque chaque soir il accourt quand on l'appelle, trop content de rentrer à la maison. Alors nous l'avons cherché dans tout le cabinet, malheureusement sans le trouver. Nous avons commencé à nous inquiéter et imaginant qu'il était sorti sans que nous l'ayons vu, nous l'avons appelé et cherché dans les escaliers, et là non plus il n'y était pas. De plus en plus affolés, nous avons poussé nos investigations dans les environs de l'immeuble puis dans les rues adjacentes et ensuite dans tout le quartier, tout cela en vain. Nous sommes rentrés très tard chez nous complètement effondrés.

- Quand et où avez-vous eu la demande de rançon ?

- Ce matin dans la boîte aux lettres, nous étions presque heureux qu'il ne lui soit rien arrivé de pire.

- Avez-vous appelé la police ?

- Grands dieux non ! Je suis d'accord pour payer les deux mille euros demandés pour retrouver Boris. Par contre je veux absolument connaître celui ou ceux qui ont fait cela. Qu'allez-vous pouvoir faire pour nous aider ?

Je n'en avais réellement aucune idée, j'essayai de me remémorer ce que faisaient les enquêteurs de mes lectures assidues de romans policiers, pourtant rien de me venait à l'esprit pour ce genre d'affaires. Un meurtre, un vol de bijoux, là j'avais des réponses toutes faites tirées de ces romans, mais rien pour un kidnapping et encore moins pour le kidnapping d'un chat !

Heureusement il reprit l'initiative :

- Je pense que vous voulez connaître l'identité de nos derniers clients et visiter le cabinet.

- C'est exactement ce que j'allai vous demander, bredouillai-je.

Il appela :

- Natacha !

- Oui, j'arrive, on entendit ses pas venir du laboratoire.

- Peux-tu donner une copie du carnet de rendez-vous en date d'hier à Monsieur Trouver, s'il te plaît ?

- Oui, je le fais tout de suite.

Elle alla s'asseoir devant l'ordinateur et en quelques clics, elle fit apparaître l'agenda à l'écran et encore quelques clics plus tard, elle imprima les rendez-vous de la veille sur une feuille qu'elle me donna.

Le dentiste poursuivit :

- La dernière fois que nous avons vu Boris, c'était juste avant les quatre derniers rendez-vous. Je me le rappelle bien, c'est notre habitude à ce moment de la journée de prendre une pause dans le laboratoire et j'ai pris Boris sur mes genoux pendant que je buvais mon thé. Ensuite, j'ai pris le patient suivant et Natacha est partie faire quelques courses pour le dîner.

Je regardai la liste. Je connaissais les noms des quatre derniers rendez-vous qui y étaient inscrits, et pour cause, ils habitaient tous notre escalier.

Il y avait :

1) Les vieilles sœurs jumelles du troisième étage gauche, en face du cabinet du dentiste : Mesdames Catherine et Chantal Pareille.

2) La vieille dame au premier étage : Madame Adrienne Guicheuse.

3) La jeune femme du couple qui était en train d'emménager au deuxième étage gauche juste en face de chez moi : Mademoiselle Elodie Nergik. Son nom était inscrit à côté d'un autre nom qui avez été surligné : Monsieur Aurélien Patique.

Et pour finir,

4) Le jeune asocial du quatrième étage porte droite : Monsieur Thierry Quitoi.

- Les deux sœurs étaient ensemble ? demandai-je.

- Oui, elles ne se quittent jamais. Nous avons été surpris lors de la première consultation quand nous les avons vues arriver toutes les deux pour un seul rendez-vous, maintenant nous avons pris l'habitude de leur réserver plus de temps pour faire les deux sœurs à la suite.

- Pourquoi y a-t-il un nom surligné à côté de Mademoiselle Elodie Nergik ?

- C'était normalement le jeune homme, Monsieur Aurélien Patique qui devait venir sauf que c'est sa compagne qui s'est présentée, elle avait ressenti dans la nuit de fortes douleurs dans une molaire et elle a voulu être prise à sa place. Comme ce n'était pas urgent pour lui, j'ai reporté son rendez-vous pour dans deux jours et nous avons soigné la jeune femme.

- Tous ces patients qui étaient présents pouvaient prendre votre chat en sortant sans être vus des autres ?

- Oui, si Boris était dans son couffin à dormir, comme cela lui arrive souvent, il a pu être pris par l'un d'eux en sortant, et comme vous l'avez certainement remarqué, son couffin est près de la porte d'entrée et celui-ci n'est pas visible de la salle d'attente.

- Bien, maintenant je peux faire le tour du cabinet pour voir les autres pièces ?

-       Oui, vous pouvez y allez. Je présume que vous n'avez pas besoin de moi puisque vous connaissez l'agencement des pièces et pendant ce temps, Natacha et moi allons continuer à préparer notre matériel, les premiers patients vont bientôt arriver.

Je sortis de la salle de soins et allai vérifier dans la salle d'attente la vue qu'on avait quand on était assis dans les différents sièges. En effet, ni le couffin ni la porte d'entrée n'étaient visibles d'aucun des sièges, même la porte grande ouverte.

Sur les murs, il y avait quelques photos de Boris : Boris apprêté comme une star de ciné, le poil lisse et brillant, Boris avec autour du cou un large ruban orné d'une grosse médaille, Boris sur la plus haute marche d'un podium, le docteur tout sourire portant Boris et soulevant une coupe et il y avait aussi beaucoup de photos de paysages enneigés et de bâtiments de type slave, des photos ou représentations de ce type étaient aussi accrochées sur tous les murs des autres pièces et même dans les toilettes, pas de doute le dentiste aimait la Russie !

Je retournai dans la salle des soins. Tel un couple diabolique, ils étaient tous les deux en train de préparer leurs instruments de torture. La vue des trépans, des forets, des fraises, des perforateurs, des drills, des sondes, des précelles, des détartreurs, des limes curettes, des seringues et aiguilles, des râpes, des fouloirs *(défouloirs pour certains praticiens)*, des brunissoirs et j'en passe et des plus douloureux, me donna des frissons.

Le dentiste se retourna en m'entendant arriver :

-       C'est bon, vous avez fait le tour du cabinet ?

-       Oui. Cela vous semble possible qu'une personne puisse entrer, prendre votre chat et refermer la porte sans être vue ni entendue ?

Il réfléchit un instant et me fit part sa réflexion :

-       Il faut que le kidnappeur ait ouvert la porte au moment où Boris était justement dans son couffin, que Natacha et moi soyons dans la salle des soins à travailler, que les patients dans la salle d'attente soient bien assis dans leur siège et que le ravisseur arrive à faire cela sans que personne n'entende le bruit de la porte qui s'ouvre et qui se referme. Il marqua un nouvel arrêt, « Oui bien sûr, tous ces faits sont possibles séparément. Par contre, qu'ils soient arrivés tous en même temps, cela me paraît quasiment impossible ».

- Oui, pour moi aussi cela me paraît difficile mais c'est quand même une éventualité que je garde en mémoire, on ne sait jamais. En attendant, je vais me concentrer sur les suspects que sont vos quatre derniers clients. Cet enlèvement ne semble pas avoir été prémédité et il a certainement été commis par quelqu'un qui a eu l'opportunité de le faire sans être vu.

- Oui vous avez certainement raison. À votre avis, que pensez-vous que je dois faire ? Payer tout de suite la rançon ou je vous laisse mener votre enquête avant ?

Je ne savais pas trop quoi lui dire.

Heureusement, il continua avant même d'attendre ma réponse.

- Je pense qu'il faut mieux payer tout de suite la rançon au kidnappeur pour que nous récupérions Boris au plus vite. Comme il l'a demandé, nous collerons une pastille rouge sur notre boîte aux lettres ce soir pour l'informer que nous acceptons de payer la rançon.

- Je suis d'accord, c'est la meilleure solution que nous avons.

- Vous pourriez peut-être tendre un piège au ravisseur quand il viendra récupérer la rançon ?

- Oui, c'est une bonne idée. Cependant, je guetterai dans le hall dès cette nuit, je pourrai peut-être voir celui qui mettra un mot dans votre boîte aux lettres.

Et tout en lui serrant la main,

- Je vais quand même profiter de la journée pour commencer mon enquête en rendant visite aux suspects.

- D'accord. Faites attention quand même, je ne voudrais pas que cela arrive aux oreilles du ravisseur et qu'il se sente piégé avant d'avoir rendu Boris !

- Ne vous en faites pas. Pour rester discret, j'invoquerai des raisons de copropriété pour glaner des informations. Je vous tiendrai au courant si je trouve quelque chose. Et soyez sans inquiétude, nous allons retrouver Boris. *(Il y en a qui ne doutent de rien !)*

Je descendis la volée de marches et rentrai directement chez moi. J'avais un grand miroir dans l'entrée et en passant je m'arrêtai pour me regarder. Je me fis un grand sourire, j'étais de taille moyenne, mince avec une belle musculature saillante, cheveux brun coupé court, visage carré, j'avais un regard malicieux avec des yeux verts aux reflets d'or. Pour un ancien des forces spéciales françaises du 13 ème RDP, j'avais de beaux restes ! *(Tant qu'à écrire une histoire, autant en profiter et imaginer un "héros" à la James Bond !)*

Chapitre 2

Z'avez pas vu Mirza ? Oh la la la la la... *(Nino Ferrer)*

Dans mon appartement, je retrouvai Léon.

C'est vrai que je ne vous ai pas encore parlé de Léon.

Léon est mon chien, il est avec moi depuis des années, il est entré dans ma vie comme quand on rentre dans un mur............ Par accident.

Je m'étais arrêté sur l'autoroute sur une aire de service pour soulager une envie pressante quand, en ouvrant ma porte pour remonter dans ma voiture, un chien venu de nulle part en a profité pour sauter dedans et s'asseoir à la place du passager. J'ai regardé autour de moi, il n'y avait aucune voiture, ni personne aux alentours, j'étais vraiment seul sur cette aire d'autoroute. J'ai voulu le faire sortir, mais dès que je m'approchai pour l'éjecter, il me montrait ses dents en grognant. Pas commode le bougre ! Je remontai en voiture en faisant attention de ne pas l'approcher. J'étais décidé à le laisser à un poste de gendarmerie que l'on trouve de temps en temps sur l'autoroute.

Je mis le contact et démarra la voiture, cela lui plut puisqu'il se coucha et mit sa tête sur ma cuisse. Après quelques kilomètres, je vis enfin une sortie avec un panneau "poste de gendarmerie".

Après avoir expliqué aux fonctionnaires de service ce qui m'était arrivé, je tentai de leur refiler le chien et leur demandai de m'aider à le sortir de la voiture. Les gendarmes refusèrent catégoriquement de le prendre, prétextant qu'aucune disparition d'animal n'avait été signalée depuis des mois. Ils me dirent de le déposer à la SPA et m'annoncèrent que s'il n'était pas adopté, il serait euthanasié. Cette solution n'étant pas envisageable pour moi, il fallait que je trouve quelqu'un pour l'adopter.

Je regagnai la voiture avec appréhension. Et quand je me rassis à ma place il n'y eut pas de grognement ni même de menaces, bien au contraire le chien me fit la fête, il était content de me revoir comme si nous étions amis de longue date. C'est vrai qu'il avait une bonne bouille ce clébard, des yeux vraiment expressifs, des poils marron et noir assez courts, des oreilles demi-tombantes et un gros pif, il avait l'air sympa. Faisant fi de son petit air malheureux, je restais ferme sur ma décision, il n'y avait pas de place dans ma vie pour un chien.

Le passage chez un vétérinaire avant toute tentative de cohabitation même temporaire était une obligation. Étonnamment, il descendit de la voiture, me suivit sans broncher et se laissa ausculter docilement par le véto qui le déclara en pleine santé, être âgé d'environ dix mois, de peser vingt kilogrammes et d'être de race indéfinissable ! *(Le parfait corniaud !)*. Il ne lui trouva aucun tatouage ni sur la cuisse ni dans l'oreille ni aucune puce électronique dans le cou, il était impossible de retrouver un éventuel propriétaire, s'il en avait un. Il ressemblait plus à un chien sauvage en quête d'une vie plus paisible qu'à un fugueur habitué au confort d'une maison.

Contraint et forcé par les événements, et après avoir fait un tour au supermarché pour lui acheter de quoi l'attacher, le laver, le nourrir et le coucher, je le ramenai chez moi et lui expliqua que c'était seulement pour quelques jours, juste le temps de lui trouver son futur maître et qu'il ne fallait pas qu'il se fasse d'illusion, je ne voulais pas de chien chez moi, ce n'était pas négociable .... Cela fait maintenant plus de trois ans que cette rencontre est arrivée. Voilà, vous savez maintenant comment notre vie en commun a commencé.

Au début de notre cohabitation je ne savais pas comment l'appeler, "le chien" ne lui plaisait pas, "Médor" encore moins, pour rigoler j'ai essayé "Léon" et tout de suite cela lui a plu, il est venu vers moi en remuant la queue, il avait un nom maintenant !

À l'usage "Léon" lui allait bien, parce que c'était vraiment le contraire de Noël, ce n'était pas un cadeau *(hé oui, il faut chercher un peu pour voir l'inversion amusante. Déjà qu'avec les noms des suspects je me rends compte que vous êtes complètement passés à côté, même pas un petit sourire ou une petite mimique à la lecture et pourtant je me suis creusé la tête pour les trouver. Allez, soyez sympa, remontez quelques pages en arrière et essayez d'y voir la tentative humoristique)*.

Léon est du genre gros fainéant, sa passion : rester couché, sa principale occupation quand il n'était pas couché : manger ! *(La vie rêvée pour certains !)* J'allai le promener trois fois par jour pour qu'il fasse ses besoins, il se dépêchait de tout faire rapidement pour remonter très vite à la maison, il était plutôt casanier.

Il y a plusieurs choses à connaître de Léon. Il dédaigne tous les autres chiens et tous les autres animaux, que ce soient des chats, des oiseaux, des chevaux, des dromadaires, des zèbres *(tout le monde suit ? Je vérifiai juste)* et je pense qu'il se considère comme un humain. Il ne fait aucune différence entre lui et moi et il a décidé une fois pour toutes que : "tout ce qui est à moi est à lui, et que tout ce qui est à lui est à lui". Pour lui, je suis que son colocataire et c'est un très bon deal de son point de vue, puisque c'est moi qui paye pour l'appartement et pour la nourriture ! Seul avantage, c'est un gardien hors pair, pas besoin de système d'alarme pour faire fuir d'éventuels cambrioleurs.

Ses deux endroits préférés sont : l'appartement et la voiture. Dans celle-ci, il s'installe de temps en temps à l'avant, à la place du passager, bien droit et il regarde la route loin devant ou il s'y allonge jusqu'à poser sa tête sur ma cuisse. Cela ne dure jamais bien longtemps puisque son "territoire" c'est la banquette arrière où il y fait des roupillons mémorables, m'obligeant certaines fois à mettre la radio à fond pour couvrir ses ronflements, c'est vous dire comme il se sent bien.

Inutile de préciser qu'il ne répond à aucun ordre, bien au contraire, c'est lui qui décide quand il veut sortir en grattant à la porte et quand il a faim ou soif en secouant la gamelle correspondante. Je m'exécute alors rapidement car Monsieur n'est pas du genre patient. Le côté sympa, c'est que pour me prouver son attachement, j'ai le droit de temps en temps à de grosses lèches bien baveuses et à des bourrades de sa grosse tête sur ma main pour quémander des caresses. *(Je vous le confesse, c'est mon meilleur pote !)*

Bon, assez parlé de Léon, essayons de résoudre ma toute première affaire. *(D'autant plus que c'est pour cela que vous m'accompagnez dans cette aventure.)*

J'avais spécialement acheté pour mes futures enquêtes un grand tableau à feuilles. J'avais lu dans plusieurs romans policiers et vu dans des séries télévisées que l'enquêteur se servait de ce genre de support pour noter tous les événements et réflexions qu'il se faisait pendant le déroulement de son enquête. Je pensais que cela était judicieux et je voulais tester cette méthode.

Après avoir dessiné un beau cadre au feutre, j'y inscris, en abscisse, la liste des suspects. *(Pour ceux qui ont séché leurs cours de maths, c'est l'axe horizontal d'un graphique)*

1. Les vieilles sœurs jumelles du troisième, Mesdames Catherine et Chantal Pareille.

2. La vieille "Madame Matous" comme tout le monde l'appelait, du 1er, Madame Adrienne Guicheuse.

3. Le jeune couple du deuxième gauche, Mademoiselle Elodie Nergik et Monsieur Aurélien Patique.

4. Le jeune du quatrième droit, Monsieur Thierry Quitoi.

En ordonnée *(eh oui ! il y a l'axe vertical maintenant)*, j'y inscris les questions les plus importantes à se poser pour découvrir le coupable.

Le mobile:

L'opportunité:

Les moyens :

Je ne mentionne pas le "mode opératoire" puisque celui-ci paraît être simple, le kidnappeur a pris le chat sous son bras en sortant du cabinet et selon moi, il n'y avait rien de prémédité dans cette action.

Je pris du recul pour contempler mon tableau.

(J'entends déjà les grognons me dire qu'ils avaient TOUS l'opportunité !!................. Ce n'est pas faux).

Après un temps de réflexion, je revins sur mon tableau et je rayai d'un trait rageur "l'opportunité". *(Faites comme si vous n'aviez rien vu.)*

Il me restait à déterminer qui avait le mobile et les moyens.

Voilà j'étais content de ce début, il ne me restait plus qu'à remplir les cases vides, Léon assis à côté de moi avait l'air satisfait lui aussi.

Comme je l'avais dit au dentiste, j'étais déterminé à commencer mon enquête tout de suite et je décidai d'aller voir les vieilles sœurs jumelles en premier, c'est celles qui me paraissaient les plus faciles à aborder.

Chapitre 3

Nous sommes deux sœurs jumelles, nées sous le signe.... (J. Demy et M. Legrand)

Après plusieurs longs appuis sur leur sonnette, j'entendis des petits pas de souris derrière la porte.

- Qui c'est ? me demanda une petite voix.

- Bonjour ! C'est Monsieur Trouver, votre voisin du deuxième.

Et la petite voix derrière la porte :

- Non, nous n'avons rien trouvé.

C'était une plaisanterie que j'avais maintes fois entendue quand j'étais enfant, pour cette fois-ci je pensai plutôt à un déficit de l'ouïe. *(Non Louis, je ne t'ai pas appelé, débranche ton sonotone et rendors-toi.)*

En criant :

- Bonjour, c'est Monsieur Trouver, votre voisin du deuxième.

La porte s'entrouvrit jusqu'à ce que la chaîne de sécurité l'arrêta. Et je vis la petite tête de fouine d'une des sœurs s'y encadrer, impossible de dire laquelle, tant elles étaient semblables et d'ailleurs, personne dans l'immeuble n'était capable de les distinguer, même leur aide-ménagère qui les voyait tous les jours en était incapable, paraît-il.

- Oui, c'est pour quoi ?

- Je viens vous voir pour vous parler des prochains travaux à faire dans l'immeuble qui ont été votés lors de la dernière assemblée générale.

J'avais pensé à ce prétexte pour entrer chez les gens.

- Ah bon ! Il y a des travaux prévus ?

- Oui, vous savez bien, vous étiez présentes toutes les deux lors de la dernière réunion des copropriétaires quand cela a été décidé.

- Ah bon! Je ne me souviens pas, et vous êtes qui ?

- Je suis Monsieur Trouver, votre voisin du deuxième. Elle commençait à m'énerver celle-là.

- Ah bon ! *(Cela devait être la seule expression en catalogue !)*

Sans un mot de plus elle referma la porte, me laissant comme un idiot sur le palier. Après une longue attente où il ne se passât plus rien, je sonnai de nouveau à la porte, peine perdue, personne ne me répondit cette fois-ci. J'allai renoncer, quand, à mon grand étonnement, j'entendis le bruit de la chaîne de sécurité que l'on enlevait et la porte s'ouvrit en grand.

La même petite vieille, maigrelette dans son tablier à fleurs, toujours avec sa tête de fouine sous des cheveux blancs tirés en petit chignon à l'arrière, me fit signe d'entrer.

J'entrai dans l'appartement. Il était identique au mien, à la différence que l'ordre des pièces était inversé comme tous les appartements du côté gauche de l'escalier.

L'entrée était meublée sans goût ou tout au moins pas à mes goûts. Un guéridon style "j'imite Louis Philippe" était à droite de l'entrée. Dessus il y avait un téléphone avec des touches énormes à gros numéros et un petit siège en plastique, genre tabouret de salle de bain, était posé à côté. De petits cadres avec de vieilles photos jaunies étaient accrochés aux murs, lesdits murs étant recouverts d'un papier peint sans âge représentant de grosses fleurs roses et blanches sur un fond grenat, vous voyez le style, un peu lourd pour cette petite pièce et je pouvais voir, par la porte ouverte, que ce même papier peint continuait dans le petit couloir qui menait vers la salle de bain et l'autre chambre. Quand on aime, on ne compte pas !

- Entrez dans le salon et asseyez-vous.

Et en me suivant,

- Ne faites pas attention à elle, ma sœur ne comprend rien à rien, elle perd la boule !

Ce qui m'informa qu'en fin de compte j'avais eu les deux sœurs devant moi sans me rendre compte du changement. Physiquement, elles étaient semblables, en plus elles avaient la même coiffure et portaient les mêmes vêtements. Je comprenais mieux pourquoi personne n'arrivait à les différencier.

Le papier peint du salon était identique à celui de l'entrée et du couloir, le vendeur s'était certainement débarrassé de ses invendus de la dernière guerre. La pièce était remplie de vieux meubles mis à la va-comme-je-te-pousse de telle façon que l'on se serait cru dans un dépôt-vente. On y trouvait des fauteuils, des canapés, une table basse, une table de salle à manger, des chaises, un guéridon, une armoire, un buffet haut, un buffet bas, un vaisselier, un bureau, une desserte, une table roulante et des bibelots posés un peu partout. Un mélange de styles, de matières, de couleurs et d'époques, l'horreur quoi ! Par contre, tout était d'une propreté absolue.

Je choisis le fauteuil qui me semblait le moins bancal.

Elle s'assit devant moi dans un canapé complètement défoncé où elle s'enfonça tellement que j'ai cru que j'allai la perdre.

- Dites-moi, qui êtes-vous ?

- Je suis Monsieur Trouver, votre voisin du deuxième.

- Ah bon ! *(Cela n'allait pas recommencer quand même !)*

- Je viens vous voir pour parler des travaux qui ont été votés lors de la dernière assemblée générale des copropriétaires.

- Ah bon ! *(Eh si, pas le bol !)*

- Rappelez-vous, vous étiez présentes toutes les deux lors de la dernière réunion quand cela a été décidé.

- Ah bon *(quand y 'en a plus, y' en a encore !)* Vous êtes sûr ?

- Oui et maintenant nous devons tous voter pour choisir la couleur de la nouvelle peinture du hall.

Dans ma tête je me suis dit : ah bon !

(Perdu !)

Une petite voix derrière moi annonça :

- Moi, je veux du bleu.

Je me retournai et la copie conforme de celle qui était enfoncée profondément dans le canapé devant moi était debout juste derrière moi, je ne l'avais pas vue ni entendue entrer dans la pièce.

À ce moment-là, j'avais une vision assez irréelle. Celle derrière moi, qui me dominait, était positionnée bien droite devant la porte-fenêtre en ombre chinoise et paraissait beaucoup plus grande et plus fine qu'en réalité, on aurait dit une brindille et celle assise en face de moi qui s'était encore un peu plus recroquevillée dans le trou du canapé, n'avait maintenant quasiment que la tête et les quatre membres qui dépassaient, elle ressemblait à une araignée géante à quatre pattes !

L'araignée *(vous voyez, c'est plus facile pour les distinguer !)* me dit d'un ton sec.

- Ne l'écoutez pas, ma sœur débloque complètement.

Et elle continua :

- C'est du jaune que nous voulons, c'est décidé, il faut surtout que cette peinture soit la moins chère possible, ce n'est pas facile pour nous avec nos toutes petites retraites.

Et à l'adresse de la brindille :

- Va chercher du thé pour Monsieur Troué et vite fait.

- Non pas Troué. Je m'appelle Monsieur Trouver.

Et l'araignée me dit ... *(je vous le donne en mille, Émile)*

- Ah bon !

La brindille se dirigea vers la cuisine et on l'entendit préparer le thé.

Je relançai la conversation :

- Vous ne pensez pas que nous aurions pu aussi refaire le sol de l'entrée ?

- Surtout pas, cela coûte déjà bien assez cher comme cela.

- Votre sœur, qu'en pense-t-elle ?

- Elle n'a rien à dire, je suis l'aînée !

- Je croyais que vous étiez jumelles ?

Elle me répondit d'un air excédé :

- Oui, mais moi je suis l'aînée, puisque je suis sortie la première du ventre de notre mère !

Rien à redire à cette certitude !

La brindille revient avec un beau mug publicitaire rempli d'un liquide marron peu ragoûtant et elle me le tendit. Dessous, il y avait une soucoupe que je ne vis pas, je pris le mug par l'anse et la soucoupe tomba sur le plancher et se cassa en plusieurs morceaux.

Aussi surprenant qu'inattendu, l'araignée se jeta d'un bond hors de son trou et la brindille se cassa en deux et les deux se mirent à quatre pattes pour essayer de ramasser les morceaux, sauf qu'avec leurs petites mains aux doigts crochus elles n'y arrivèrent pas. Je posai mon mug, me mis aussi à genoux, et je ramassai rapidement les plus gros morceaux au grand soulagement des deux sœurs.

Elles se relevèrent doucement.

- Je suis vraiment désolé d'être aussi maladroit, avez-vous un aspirateur pour les derniers petits morceaux ?

- Ne vous inquiétez surtout pas, notre aide-ménagère va bientôt arriver, elle va passer l'aspirateur partout, me dit l'une d'elles sans pouvoir déterminer si c'était l'araignée ou la brindille.

On entendit des bruits de clés dans la porte d'entrée.

- Justement, la voilà !

Cela tombait bien, c'était un bon prétexte pour écourter notre discussion et même si je n'avais pas vu les autres pièces je préférais en rester là. Pour une première approche, ce que j'avais vu me suffisait.

Je repris mon mug et bus le thé d'un coup en essayant de cacher la grimace qui me venait tant ce breuvage était amer.

- Pour les travaux, merci pour votre réponse, j'en ferai part au syndic.

L'air interloqué, elles me répondirent ensemble,

- Ah bon ! *(Vous ne vous y attendiez pas à celui-là…. Moi non plus).*

- Merci de m'avoir reçu, je vous laisse à vos occupations.

Je partis vers l'entrée, la porte s'ouvrit et l'aide-ménagère entra. C'était une jeune femme énergique, mince, pas très grande, avec des bras courts, des petites jambes et le visage un peu ingrat. *(En gros, elle était petite, mal foutue et moche).*

En me voyant, elle me fit un grand sourire ce qui découvrit une dentition digne d'un cheval de course. *(Je ne lui donnerai pas du fourrage à la main de peur d'y laisser des doigts !)*

- Bijour, c'est gentille de vinir les voir, les madames sont très très gentilles avec moa *(Bon vous avez compris, elle n'est pas d'ici).*

- Bonjour, oui elles sont bien gentilles, cela fait longtemps que vous travaillez chez elles ?

Il lui fallut un peu de temps pour qu'elle enregistre la phrase, qu'elle la traduise dans sa langue puis qu'elle élabore la réponse et la donne en français, ou tout au moins dans son français. *(Je ne me moque pas, je ne fais pas mieux en anglais !).*

- Que j'y trabaille depuis dou ans…

Impossible de comprendre si c'était deux, dix ou douze ans.

- …et a un trabail prés la maison ché trop bueno. Merchi a les dames. Jy firais tou si qué veuille.

Pas évident de tenir une conversation plus longtemps.

- Vous avez raison, elles en valent la peine.

Son regard de hibou m'informa qu'elle n'avait rien compris, de toute façon elle était là pour travailler et elle me laissa seul dans l'entrée sans un mot de plus.

Il était temps de partir, plus personne ne me portait d'attention, les deux sœurs s'affairaient dans l'appartement à tout ranger et l'aide-ménagère fourgonnait dans la cuisine.

À la cantonade :

- Bonne journée ! Et je les quittai.

Je rentrai directement dans mon appartement et m'installai dans mon fauteuil préféré *(c'est facile, je n'en ai qu'un)*.

Après mûres réflexions sur ce que je venais de voir, je me levai et, sous le regard intéressé de Léon, j'écrivis mes premières observations sur mon tableau. *(Attendez, ne regardez pas par-dessus mon épaule, c'est confidentiel.)*

Chapitre 4

La vieille au chat, ils disent comme ça ... *(Clarika)*

Il était temps d'aller voir Madame Adrienne Guicheuse au premier.

Dès la première sonnerie, j'entendis des pas s'approcher et après avoir vu que l'on regardait à travers l'œilleton, la porte s'ouvrit.

- Bonjour, c'est pourquoi ?

Je ressortis mon prétexte bidon.

- Je viens vous voir pour parler des travaux qui ont été votés lors de l'assemblée générale des copropriétaires.

Elle me regardait d'un œil bizarre, je me sentais mal à l'aise sans vraiment savoir pourquoi.

Elle ouvrit grand sa porte.

- Bien, entrez et discutons.

Je pénétrai dans l'entrée et une odeur rebutante me sauta aux narines, une odeur âcre d'urine de chat à n'en pas douter !

Oh! oui, j'avais raison, il y avait des chats partout. Par la porte de la cuisine grande ouverte, j'aperçus deux ou trois bacs à litière et plusieurs gamelles de croquettes et d'eau, elle portait bien son surnom de "Madame Matous" que lui avaient donné les voisins.

C'était une vieille femme pas très grande qui, aidée de sa canne, se tenait encore bien droit. Elle était un peu boulotte et avait dû être jolie étant jeune. Seulement on voyait bien que les ravages des ans et surtout des chirurgiens esthétiques avaient fait leur œuvre, elle avait un front lisse comme une patinoire de banlieue, un petit nez retroussé et pointu où il serait facile d'accrocher son manteau, des pommettes hautes et (trop) rebondies fardées de rouge et des yeux qui avaient certainement eu la couleur du bleu des mers du sud, mais qui avec le temps s'étaient assombris comme le ciel un jour d'orage. Sa peau du visage sans ride était lisse et tendue, prête à se fissurer à la moindre tentative de sourire ou pire de rire en regardant un sketch des "inconnus" *(je suis un grand fan !)*. Et tout cela encadré de grands cheveux blonds, maintes fois décolorés qui ressemblaient maintenant à de la filasse de plombier.

Aucun meuble dans l'entrée, un papier peint jaunâtre qui se mariait très bien avec l'odeur des lieux recouvrait les murs où étaient accrochées des photos de chats, partout des photos de chats et plusieurs photos d'un jeune homme en tenue sportive. Je m'approchai plus près des cadres, sur l'une des photos il était équipé comme un alpiniste prêt à escalader les montagnes que l'on voyait derrière lui et sur une autre il sautait en parachute. Il avait l'air sportif le garçon.

Du bout de sa canne, elle me montra le jeune homme.

-       C'est mon neveu ! Il travaille à l'agence de voyages en centre-ville, c'est mon seul héritier. Et en ricanant, « en attendant de toucher le magot il est aux petits soins pour moi ! »

Elle continua :

-       Regardez plutôt mes petits protégés, en me montrant les photos des chats, « ils sont bien plus beaux que lui, je les ai tous recueillis, ils étaient dans la rue mes pôvres chéris ».

Je regardai les autres photos, des chats, toujours des chats, des jeunes, des vieux, des petits, des grands, des gros, des maigres, des tigrés, des tachetés, des noirs, des blancs, des roux, des beiges, des à poils longs, des à poils courts ......*(Chat suffit !!)*.

Devant mon peu d'enthousiasme à la vue de cette assemblée féline, elle précisa d'un ton vexé :

-       Oui, je sais, ils ne sont pas aussi beaux que celui du nouveau dentiste, ce Monsieur a, paraît-il, le plus beau chat de la ville .... Quel vantard !!

Elle reprit de sa voix doucereuse :

-     Ne restez pas là, entrez dans le séjour et asseyez-vous, je reviens tout de suite, et surtout, mettez-vous à l'aise en attendant.

L'intonation dans sa voix était étrange.

J'entrai dans le séjour, c'était meublé avec soin et il me semblait avec de réelles antiquités. Au centre, une table et quatre chaises, dans un coin un canapé et deux fauteuils qui lui faisaient face et de l'autre côté un beau buffet bas surmonté d'une belle télévision à écran plat accrochée au mur. Je m'approchai d'une petite bibliothèque qui était le long d'un mur et y découvris de nombreux livres sur.... Les chats. *(chatpristi !)*

Plusieurs chats étaient endormis et d'autres se baladaient dans la pièce.

Il faisait vraiment très chaud chez elle et la sueur coulait sur mon front, j'enlevai mon blouson pour supporter cette chaleur d'été, on aurait pu se croire à la mi-août. *(Prononcer de manière dialectale ou sinon ce n'est pas marrant ☺)*

Les murs étaient tendus d'un joli tissu gris mais là aussi des photos de chats étaient accrochées partout, recouvrant quasiment tous les murs et enlaidissant malheureusement le tout.

Il y avait quelques cadres sur les meubles avec de vieilles photos familiales, dont une photo de mariage où on la reconnaissait à peine, des photos de feu son mari, du jeune neveu et bien sûr toujours des photos de chats. Traînaient aussi de nombreux numéros du magazine "chats d'amour". *(Oui, ça existe vraiment !).*

Et toujours cette odeur âcre qui prenait à la gorge.

Tandis que je regardais la décoration du salon, je l'entendis revenir et je me tournai vers elle.

Elle entra dans le salon et le spectacle me laissa sans voix. Madame Guicheuse, quatre-vingts ans bien sonnés, s'était remaquillée vite fait, le rouge sur ses pommettes s'était élargi et elle avait mis un rouge à lèvres, rouge vif, qui débordait largement lui faisant une bouche énorme et surtout, elle s'était changée ! Maintenant, elle était "habillée" d'une robe de chambre qu'elle avait laissée ouverte sur une nuisette rouge transparente qui ne cachait pas grand-chose de ses anciens "atouts". *(Vous attendiez avec impatience les scènes "d'érotisme" de mon histoire, cela valait le coup de patienter, non ?)*

-      N'aie pas peur, mon petit !

J'étais mort de peur au contraire.

Et d'une voix qui se voulait sensuelle :

-      Tu es venu me voir à quel sujet déjà ?

J'avalais ma salive difficilement.

-      Je viens vous voir pour parler des travaux que nous allons faire dans l'immeuble.

-      Assieds-toi ! nous allons en parler, me dit-elle d'une voix autoritaire.

Je m'exécutai et pris tremblant le fauteuil le plus près de moi pour m'y asseoir.

Elle posa sa canne et s'assit devant moi.

Je n'osai pas la regarder en face, ce que j'avais entrevu un court instant m'avait glacé le sang.

-      Tu es venu spécialement pour me voir, gros coquin.

Bien obligé de lui faire face de nouveau et de porter mes yeux sur elle, révélant ce que j'avais entre-aperçu. En s'asseyant, elle s'était tassée et maintenant sous son vaporeux déshabillé rouge, ses seins, son ventre, et ses genoux étaient devenus indissociables. Un amas de gelée de groseilles me souriait. *(Super flippant !)*

J'étais en sueur, rouge comme une tomate, je ne pensai qu'à sortir de là au plus vite et je bafouillai :

-   Je suis là pour le choix de la peinture du hall, il faut choisir la couleur, la qualité, et en pensant aux vieilles sœurs jumelles, « je pense qu'il ne faut pas que cela soit trop cher »

-   On s'en fout de la couleur et encore plus du prix. Mon mari à sa mort m'a laissé une énorme fortune et…… je peux t'en faire profiter si tu es gentil.

Elle avançait doucement la main vers moi.

Comme mû par un ressort, je fus debout en un éclair et j'essayai de sortir de la pièce à reculons. Je ne vis pas que l'un des nombreux chats de la maison s'était couché à mes pieds et je lui marchai malencontreusement sur la queue.

Le chat miaula horriblement, fit un bond sur le côté et sortit en trombe de la pièce.

La gelée de groseilles gronda, fuma et hurla.

-   Espèce €$#@/&%÷÷ tu n'es qu'un $#×%÷_*&, Tu as fait mal à mon petit trésor, reviens ma pauvre Grisetttttttttttte !

Elle était devenue complètement hystérique.

Elle se leva d'un bond, prit sa canne promptement et voulut me frapper, mais en levant le bras, son sein droit descendit d'un cran et elle le rattrapa de l'autre main juste avant qu'il ne touche son genou.

Ce léger répit me permit de me précipiter dans l'entrée.

Me voir disparaître aussi vite la calma et je l'entendis derrière moi avec une voix perçante.

-   Allez, reviens te faire pardonner !

Oh que non, j'étais effrayé, j'ouvris la porte d'entrée et je me ruai à l'extérieur de l'appartement.

Elle matou fait celle-là. *(Trop facile !)*

Quel cauchemar cette visite, pas facile la vie de détective en fin de compte et en plus je n'avais pas vu grand-chose de l'appartement, Boris aurait pu être au milieu de tous ces chats sans que je m'en rende compte.

Je rentrai rapidement chez moi pour reprendre mes esprits. Je repris mon feutre et, sous la surveillance de Léon qui avait ouvert une paupière pour ne rien perdre de ce que je faisais, je complétai mon tableau avec mes misérables nouvelles observations.

Encore sonné par la vision de cette CRS *(Non pas "Compagnie Républicaine de Sécurité", lisez plutôt : "Cougar en Rut Sénile")*, je décidai d'arrêter là mes investigations de la matinée et de récupérer un peu en préparant mon déjeuner et en remplissant les gamelles de Léon qui commençait à s'impatienter.

Après ce repas réconfortant et une bonne sieste histoire de me préparer pour la nuit de guet à venir, je décidai de poursuivre mes visites chez les suspects.

Chapitre 5

Ils sont faits l'un pour l'autre, comme le yin pour le yang
(Mauranne)

Pensant que le jeune couple en face de chez moi devait être au travail à cette heure puisqu'aucun bruit ne venait de leur appartement, il ne me restait plus qu'à aller voir le jeune au dernier étage. J'avais repéré, grâce ou à cause du bruit de son scooter, qu'il ne travaillait pas et que bien souvent il ne sortait de chez lui que dans le milieu de l'après-midi.

Je pris l'ascenseur, montai au quatrième et sonnai à la porte du jeune. Après plusieurs minutes à attendre sans obtenir de réponse, j'insistai une nouvelle fois en restant, ce coup-ci, le doigt appuyé sur la sonnette, sans plus de succès. Par la bonne vieille méthode qui consiste à coller son oreille à la porte, je vérifiai que l'appartement était vide, il n'y avait aucun bruit, tout était calme, il n'était vraiment pas là. Désappointé, je redescendis chez moi par les escaliers. En arrivant sur mon palier, je vis que la porte d'entrée du jeune couple était grande ouverte, l'ascenseur arriva et la jeune femme du couple en sortit avec un carton dans les bras, coinça la porte de l'ascenseur avec, prit un autre carton de la cabine qui en était remplie jusqu'au plafond et se retourna. En me voyant, elle me sourit.

Nous nous étions salués plusieurs fois depuis le début de leur emménagement, c'était une belle jeune femme d'environ vingt-cinq ans qui avait de jolis yeux verts dans un petit visage constellé de taches de rousseur encadré par des cheveux roux. Elle n'était pas très grande, mais il se dégageait une belle force de caractère de ce petit bout de femme. Elle était vêtue comme les ménagères américaines des années cinquante *(vous êtes durs avec moi, eh bien non, ce n'est pas du vécu, j'ai vu ça sur de vieilles affiches publicitaires !!)*. Elle portait une salopette en jean au-dessus d'une chemise à carreaux de type "bûcheron canadien", et avait sur sa tête un foulard noué derrière qui ne laissait visible que quelques mèches de ses cheveux couleur carotte.

-       Bonjour ! voisin, me lança-t-elle d'un ton enjoué.

- Bonjour ! voisine, encore dans les cartons ? *(La question à deux balles à quelqu'un qui est entouré de cartons de déménagement !)*

- Hé oui, et jusqu'au cou !

- Je peux vous donner un coup de main ?

- Alors-là ce n'est pas de refus, Aurélien a un rhume carabiné et il n'a pas la force de m'aider, il n'est même pas allé au travail ce matin.

Après plusieurs allers et retours pour l'aider à vider l'ascenseur, nous étions enfin arrivés au bout de cette montagne de cartons, il était temps car je commençai à fatiguer et je sentais bien que je n'étais pas taillé pour faire le métier de déménageur.

Après avoir déposé le dernier colis sur l'une des piles que nous avions créées dans l'entrée, je m'assis sur l'un d'eux pour me reposer un peu et reprendre mon souffle.

- Merci, me dit-elle, surtout que les derniers cartons étaient les plus lourds.

Ça, je l'avais bien senti.

- Vous en avez encore d'autres à aller chercher dans votre véhicule ?

- Non, c'était le dernier voyage, j'ai commencé de très bonne heure ce matin à faire des allers et retours pour remonter toutes nos affaires et tous ces cartons et maintenant c'est fini pour la journée.

Ayant repris quelques forces, je me relevai, prêt à la saluer pour la quitter.

- Attendez. Avant de partir, restez prendre un verre pour vous rafraîchir, me proposa Élodie.

- Ce n'est pas de refus…,

C'était bien ce que j'espérai pour pouvoir l'interroger sans m'imposer.

- ... transporter ces cartons m'a donné un coup de chaud.

- Venez, nous allons nous mettre dans le séjour, la cuisine est trop encombrée.

L'appartement était identique au mien, sauf que la disposition des pièces des appartements à gauche de l'escalier était à l'opposé du mien *(bon, ça, je pense que vous l'avez compris).*

Il avait été refait entièrement par le propriétaire avant de le remettre en location, d'ailleurs les travaux m'avaient dérangé pendant plusieurs semaines. Cela valait le coup puisque du sol au plafond, tout avait remis à neuf, il y avait un nouveau plancher en bois clair et tous les murs et plafonds avaient été repeints en blanc.

L'appartement n'était pas encore complètement meublé, il n'y avait aucun meuble dans l'entrée où nous avions déposé les cartons, il y avait juste une table et deux chaises installées dans le séjour dont les cartons étaient encore étalés au sol et qui provenaient d'un magasin de meubles dont le nom commence par IK et qui finit par EA, *(pas évident à deviner !)*. Les deux chaises avaient le doux nom de Ljusterö, la table celui de Södertörn et différents cartons de ce marchand étaient posés autour de moi, il y avait la fameuse bibliothèque Väddö et le non moins fameux meuble télé Björkö. *(Ne cherchez pas sur internet, ces noms de meubles n'existent (peut-être) pas).*

En me voyant regarder les emballages, elle se mit à rire.

- Ah ! Vous avez remarqué que nous avons dévalisé le magasin. Nous attendons aussi, un canapé Svartsjölandet et deux fauteuils Hertsön pour compléter le tout, précisa-t-elle, « une bière fraîche, cela vous va ? »

- Oui très bien. Votre compagnon prend un verre avec nous ?

-   Je ne pense pas, avec son rhume carabiné, Aurélien est resté au lit toute la journée. Je vais quand même voir s'il est réveillé et s'il veut prendre une bière avec nous, on ne sait jamais. Asseyez-vous, je reviens tout de suite.

Elle alla dans la chambre juste à côté et je l'entendis échanger quelques mots.

Je pris le temps de jeter un coup d'œil par la fenêtre pour regarder quelle vue ils avaient de ce côté-ci de l'immeuble puis je m'assis sur une des chaises pour attendre ma bière. Le jeune homme fit son entrée dans la pièce. Il avançait comme un zombie les yeux à moitié fermés, ébloui par la forte luminosité qui devait contraster avec la chambre à coucher d'où il venait, qui devait être plongée dans le noir.

Il se déplaçait très lentement sans lever les pieds du sol, par de longues glissades sur ses chaussons. Pas très grand, lui non plus, il avait une bonne bouille toute ronde, des yeux tout ronds et un petit ventre tout rond, il ressemblait à un triste petit ourson en peluche, poils compris.

C'était un jeune homme qui transpirait la déprime, autant son amie était gaie et énergique, autant lui était lymphatique.

Il réussit à ouvrir complètement un de ses yeux et me voyant il me tendit nonchalamment la main.

-   Bonjour, Monsieur Trouver, merci de l'aide.

Je pris sa main, elle était aussi ferme que je l'imaginais, on avait la sensation de tenir un steak fraîchement haché. Je secouai donc son steak à cinq doigts pour le saluer et après avoir relâché sa pièce de viande, je vérifiai rapidement si un de ses doigts ne s'était pas détaché subrepticement lors de l'opération. Rassuré, je regardai de nouveau son visage, il avait les yeux rouges et le nez qui gouttait.

-   Gros rhume dites donc !

-   J'ai dû l'attraper en faisant les magasins, avec leur clim à fond on chope facilement des chauds et froids. Je ne me sens pas encore très bien, je retourne me recoucher, à plus tard.

Et il repartit dans sa chambre à la même vitesse qu'à son arrivée. Un escargot aurait pu aisément le doubler avant qu'il ne regagne la chambre, mais nul escargot en vue pour relever le challenge, cela se comprenait, mais "à vaincre sans péril, on triomphe sans gloire".

Élodie revint avec deux canettes de bière et deux verres qu'elle posa sur la table après avoir mis sur le côté les magazines et un gros tas de courriers ouverts qui s'y trouvaient.

Elle prit l'autre chaise :

-    Je vais prendre une petite pause moi aussi.

-    Bientôt fini cet emménagement ?

-    Oui, il faut qu'Aurélien reprenne des forces et qu'il m'aide à monter le reste de tous ces meubles en kit que nous avons achetés, cela sera fini pour ce week-end, je pense.

-    Cela fait longtemps que vous vous êtes rencontrés ?

-    Non, c'est tout récent. Nous nous sommes rencontrés il y a trois mois dans un stage d'escalade dans le Vercors organisé par le centre culturel de la mairie et cela a été un véritable coup de foudre.

Que l'ours en peluche fasse de l'escalade, c'était déjà étonnant vu la force qui en émanait, mais que ces deux-là aient eu un coup de foudre, cela dépassait l'entendement, c'était comme réunir l'eau et le pastis, c'était troublant *(je l'aime bien celle-là)*.

-    C'est une belle histoire votre rencontre loin de chez vous, dans ces paysages sauvages et pittoresques alors que vous habitez la même ville sans vous être croisés auparavant. Où habitiez-vous avant de venir vous installer dans cet immeuble ?

- Nous louions tous les deux des meublés dans le centre-ville et il y a un peu plus d'un mois, nous avons décidé de chercher un appartement pour vivre ensemble, les nôtres étaient beaucoup trop petits pour y loger confortablement. Nous avons eu la chance de trouver cet appartement dans ce quartier que nous aimons bien et où les prix de location sont bien meilleur marché que dans le centre.

- Vous avez bien choisi, notre résidence est paisible et le quartier est certainement moins bruyant que là où vous étiez.

- Oui, la résidence nous a beaucoup plu. Nous y avons même visité deux appartements, ils étaient dans le même immeuble d'ailleurs, l'autre était situé dans l'escalier d'à côté, au dernier étage avec une vue magnifique sur la ville. Après plusieurs visites et malgré les avantages de ce dernier, notre choix s'est porté sur celui-ci parce qu'il avait été refait entièrement à neuf par le propriétaire avant de le remettre en location et surtout, il était libre tout de suite. Le temps de donner congé de nos logements respectifs et de signer pour celui-là, nous voici !!

- Cela a dû vous occasionner beaucoup de frais avec tous les appareils ménagers et ce mobilier à acheter.

- Ho ! Oui, nous nous sommes lâchés un peu trop pour tout dire ! Néanmoins, nous sommes heureux d'être ici et d'y commencer notre vie commune, dit-elle en ouvrant sa canette.

J'ouvris la mienne et, malhabile que je suis *(vous commencez à me connaître)*, j'en aspergeai la table et le sol.

- Ah ! Je suis vraiment un maladroit. Ne bougez, pas je vais chercher de quoi nettoyer.

Je me levai promptement et me dirigeai vers la cuisine tout en lui disant:

- Les appartements sont identiques, c'est facile de s'y retrouver.

La cuisine avait été elle aussi refaite à neuf du sol au plafond et elle était comme elle me l'avait dit, totalement encombrée de cartons. Je reconnus ceux des fameux placards Tjörn et ils avaient quand même déjà installé une petite table Fårö et deux tabourets Gräsö *(non, je ne me lasse pas de ces noms mélodieux)*. Sur la table traînaient une ordonnance, quelques médicaments et ce que je cherchais, une éponge, que je pris. Pour compléter l'attirail, j'empoignai un balai-serpillière qui se trouvait dans un coin à côté du réfrigérateur. J'avais l'équipement voulu !

Et en rejoignant le séjour :

- Me voilà paré pour effacer ma bêtise.

Elle me prit d'autorité le balai de lavage des mains et le passa au sol pendant que j'épongeai la table.

- Voilà le mal réparé, me dit-elle, ce n'était pas bien grave !

Je versai le reste de ma canette dans mon verre et en espérant visiter le reste de l'appartement, je lui demandai :

- Vous devez avoir une belle vue de l'autre chambre, elle donne sur le parc, je crois ?

- Oui, la vue est plaisante de cette pièce, mais je ne peux pas vous la montrer, nous nous en servons comme débarras et elle est pleine à craquer.

- Bon, peut-être une autre fois.

Je finis mon verre, puis en me levant :

- Je vous laisse travailler, merci pour la bière, et bon courage !

- Merci pour le coup de main.

Je passai le palier et je rentrai chez moi. Léon m'accueillit et sous son regard inquisiteur je complétai mon tableau d'enquêteur avec ce que j'avais vu et vécu puis je m'assis dans mon fauteuil pour réfléchir. Léon vint à côté de moi, s'assit à son tour puis contempla le tableau avec insistance. Il semblait réfléchir lui aussi. Après quelques minutes, je me levai et complétai mes notes par de nouvelles idées. Très intéressé, Léon regardait toujours attentivement le tableau, il était marrant, on aurait dit qu'il s'investissait dans l'enquête avec moi, il était mon Watson, mon Hastings, mon Sinclair *(rayez ceux que vous ne connaissez pas !... Pas facile le dernier).*

Chapitre 6

Puisqu'on est jeune et con ... *Damien Saez)*

Comme j'avais encore du temps devant moi, je décidai de retenter ma chance chez le jeune et hop, direction le quatrième étage en prenant les escaliers, histoire de faire un peu de sport.

De nouveau, pas de réponse à mes tambourinages et mes sonnerinages. *(Je n'ai que ça en magasin pour la rime !)*

Pour un gars qui ne travaillait pas, il n'était pas souvent chez lui en fin de compte.

N'ayant plus rien à faire qu'à l'attendre, je retournai chez moi et me mis à l'aise. Je mis mes chaussons, de belles "charentaises" à l'ancienne et un jogging *(oui, je sais, ce n'est plus à la mode, c'est "has been" paraît-il !)* et je m'affalai dans mon fauteuil préféré en ayant pris soin de m'équiper d'une bonne bière fraîche directement sortie du frigo.

Je bus une gorgée de cet élixir aux reflets d'or *(cela fait tout de suite moins alcoolo)* quand j'entendis un scooter pétarader dans la rue, ce qui arrêta net ma dégustation. Plus le temps de se reposer, je sautai à la fenêtre pour y jeter un coup d'œil et je vis que le jeune rentrait chez lui.

J'ouvris ma porte et attendis que l'ascenseur passe en direction du quatrième étage et encore une fois je montai rapidement par les escaliers pour le rejoindre. J'arrivai sur le palier juste au moment où sa porte se refermait.

Je sonnai à sa porte et j'entendis un fort « qui vient m'emmer....... à cette heure ? .» Cela voulait certainement dire "bienvenue" en langage "djeun".

J'entendis ses pas lourds et la porte s'entrouvrit.

Je sortis mon excuse bidon.

- Bonjour, je viens vous voir pour parler des travaux qui ont été décidés lors de l'assemblée générale.

-       Rien à fout... de vos travaux, j'suis pas le proprio.

Et il referma la porte... il tenta plutôt, puisque d'un mouvement rapide que j'avais appris d'un représentant en aspirateurs, j'intercalai mon pied dans l'encoignure de la porte pour l'empêcher de se fermer *(Je suis un petit malin, vous ne trouvez pas !)*.

Bon c'est vrai, j'avais oublié un léger détail....... J'avais toujours mes "Charentaises" ! Et coincer une porte, chaussé de la sorte, relevait d'une tentative de suicide de pieds ! *(Si cela existe.... la preuve !)*

La porte se referma sèchement sur mon pied, qui, sous le choc, prit une forme étrange. *(Mon pied, pas la porte !)*

N'ayant pas réussi à claquer sa porte comme il voulait, il regarda ce qui l'en avait empêché et voyant que c'était mon pied qui était entre la porte et le chambranle, il retenta une nouvelle fois avec encore plus d'élan, tout en me regardant avec un sourire narquois.

Je l'enlevai rapidement, ma première expérience n'ayant pas eu le résultat escompté. Je ne voulais pas insister de peur de paraître impoli ou peut-être est- ce la douleur dans mon pied qui me fit prendre cette décision, allez savoir !

La porte claqua ce coup-ci sans résistance et en guise de salutation entre gentlemen, il me cria derrière sa porte.

-       Bien fait pour ta gu.... conn.....

Je pensai savoir souffrir en silence, mais la porte grande ouverte de son voisin de palier et son air navré me prouvèrent le contraire.

Je redescendis chez moi au deuxième......... en prenant l'ascenseur.

Mon pied avait doublé de volume. Pour me soulager, je sortis du congélateur les deux bacs à glace, les vidai de leurs glaçons dans un seau et j'y enfonçai mon pied. Ha !.. Que cela faisait du bien !

Je me traînai péniblement jusqu'à mon fauteuil, m'assis, repris ma bière, quand on sonna à la porte.

Ce n'est pas possible, pensai-je !

Je me levai et m'aperçus que mon pied qui avait continué à gonfler était coincé au fond du seau, on sonna de nouveau à la porte.

- Monsieur Trouver, vous êtes là ? Je reconnus la voix de la femme du dentiste.

- J'arrive !

C'était vraiment impossible de sortir mon pied du seau, cela me faisait trop mal. Je secouai ma jambe pour essayer de le décoincer, mauvaise idée, cela projeta de l'eau partout et détrempa complètement mon chausson restant, ma chaussette et mon bas de pantalon.

- J'arrive !

Je marchai péniblement vers la porte tout en faisant glisser mon pied élégamment chaussé de mon seau couleur vert-pomme *(je vais avoir du mal à passer dans l'émission "Les reines du shopping").*

- J'arrive !

Je réussis enfin à atteindre la porte et l'entrouvris :

- Bonsoir.

- Bonsoir, votre enquête avance ?

Et en me regardant de haut en bas :

- Vous allez bien ?

J'avais quand même pris soin de cacher derrière la porte mon pied et le seau dans lequel il était coincé. Sauf que la vision qu'elle avait de moi, en jogging avec la jambe de pantalon, la chaussette et le chausson complètement trempé, n'était certainement pas à mon avantage.

- Oui, je suis tout mouillé, c'est parce que je tentai de réparer ma machine à laver qui fuit !

- Ah c'est pour cela ! *(et d'1, à suivre ….!)*

Pour couper court à mon explication tirée par les cheveux, je lui dis :

- Pour répondre à votre question, oui, mon enquête avance et j'ai fait quelques constatations intéressantes.

- Très bien, le docteur sera content d'apprendre cela. Je viens vous demander si nous collons la pastille rouge sur la boîte aux lettres en quittant le cabinet ou si vous voulez la coller vous-même un peu plus tard dans la soirée.

- Vous pouvez la coller en partant, j'irai surveiller les boîtes aux lettres à la tombée de la nuit.

- D'accord, bonne surveillance, à demain.

- Bonsoir, à demain.

Je refermai la porte et tout en me traînant vers le séjour, je jetai un coup d'œil en passant devant le miroir de l'entrée. La vue de ce petit homme un peu bedonnant avec un début de calvitie vêtu d'un jogging dégoulinant d'eau, un pied dans une charentaise détrempée et l'autre dans un seau en plastique complètement déformé, m'attrista ...Je n'avais pas fière allure en cet instant, ce n'était pas la vie à la "Nestor Burma" dont j'avais rêvée ! *(Quoi, on m'aurait menti, ce n'est pas la description qui a été faite du héros un peu plus en avant dans ma lecture, c'est une honte !!!....... Eh bien oui, cher lecteur, il faut faire face à la réalité de temps en temps, vous avez été berné ! Moi-même, un instant, j'y ai cru !).*

Après ce douloureux instant de vérité, je retournai m'asseoir dans mon fauteuil. Maintenant que mon pied était complètement gelé, il se retira du seau sans problème *(vieux motard que jamais)*. Je me fis un bon massage avec du Voltarène en gel *(faut bien aider les pauvres labos pharmaceutiques)* et cela me soulagea quelque peu, maintenant je pouvais reposer mon pied au sol sans trop crier de douleur.

J'enfilai une tenue plus sèche et pour passer le temps avant la nuit j'allumai la télévision pour une émission insipide où, en répondant à des questions stupides, les candidats peuvent gagner l'équivalent de plusieurs années de salaire d'un chercheur au CNRS. Je restai de longues minutes scotché devant ce spectacle navrant jusqu'à ce que ce cher Léon me demandât de sortir par des grattements énergiques sur la porte d'entrée.

Comme à notre habitude, on partit faire le tour de notre bâtiment. Après que Léon eut effectué une cinquantaine d'arrêts, la plupart pour vérifier par de fortes inhalations l'identité de ses congénères, les autres pour soulager ses besoins naturels *(ramassés et ensachés pour les plus gros, ne vous inquiétez pas, ce n'est pas le style de la maison)*, il me tira vers le hall me signifiant à mon grand soulagement que la balade était terminée. Cela m'arrangeait, un marathon n'est pas possible quand vous avez la démarche mal assurée et un pied qui chausse du 41 et l'autre du 56. Arrivé dans notre "chez nous", il alla à ses gamelles et les balança toutes les deux, la faim et la soif n'attendaient pas chez Léon.

Mon travail de colocataire bienveillant terminé, Léon, le ventre bien rempli de ses croquettes favorites, partit directement se coucher dans la chambre pour sa nuit. Oui, Léon c'est un couche-tôt .... et aussi un lève- tard.

J'avais encore du temps devant moi, je pris une longue douche bien chaude, un repas léger et me prépara pour ma nuit de veille. J'enfilai un pantalon de jogging *(oui j'ai une collection de "joggings" vintage)*, mes baskets les plus larges pour y entrer mon pauvre pied meurtri et mon sweat à capuche de "caillera". J'étais fin prêt.

Chapitre 7

La nuit, quand revient la nuit, tout seul je m'ennuie …
(Johnny Hallyday)

À la nuit tombée, je sortis sans bruit et sans allumer la minuterie, je descendis rejoindre le rez-de-chaussée par les escaliers pour éviter de prendre notre trop bruyant ascenseur. Arrivé dans le hall, je vérifiai que le dentiste avait bien collé une pastille rouge sur sa boîte aux lettres pour signifier aux kidnappeurs qu'il acceptait de payer la rançon. Puis je montai m'asseoir sur la dernière marche du demi-palier, j'avais apporté mes écouteurs que je branchais sur mon smartphone et mis un peu de musique pour attendre la venue du ravisseur.

J'avais une vue parfaite sur les boîtes aux lettres et, sans lumière dans les escaliers, c'était impossible de me voir du bas.

À cette heure-là et en pleine semaine, il n'y avait aucune allée et venue dans l'immeuble et la douce musique dans mes oreilles couvrait le son des téléviseurs mis à fond par les vieux malentendants de l'immeuble. De temps en temps, une voiture ou un scooter passaient dans la rue et leurs feux, comme des phares marins, éclairaient le hall un bref instant par un balayage lumineux. Le temps passait doucement et c'était très, mais vraiment très ~~chiant~~ ennuyeux !

Je baissai le son dans mes écouteurs, la voix douce et mélodieuse de Norah Jones me berçait encore plus doucement, je me calai aussi bien que je pus et mis ma capuche. J'avais bien chaud, j'étais bien, très bien même, trop bien peut-être.

Je fermai les yeux et laissai vagabonder mes pensées, combien de temps cela dura, 5, 10, 20 minutes. *(Pas plus je vous assure. Eh non ! je ne me suis pas endormi.)* Soudain, je ressentis un énorme coup dans mon dos, je me redressai vivement, les coups se mirent alors à pleuvoir. Tout en me protégeant de mes bras, j'essayai de me retourner pour voir qui était mon agresseur, peine perdue, dans la nuit c'était impossible de le distinguer, mes yeux ne s'étant pas réadaptés à l'obscurité. Les coups redoublaient, je me levai complètement pour échapper à cette agression lorsque la voix de Madame "Matous" tonna.

- Pas de squatteurs chez nous, sors de là ou j'appelle la police.

Ne me faisant pas prier, je descendis les quelques marches en courant et sortis précipitamment de l'immeuble loin de ses coups de canne.

La vache ! Elle m'avait surpris et fait vraiment mal, elle est complètement malade la vieille et en plus elle est comme ses chats, elle voit la nuit !!

J'attendis en dehors de l'immeuble que cela se calme. Avec ses cris, elle avait réveillé quelques-uns des occupants du bâtiment, de la lumière était visible à travers plusieurs fenêtres.

Je pensai que si quelqu'un avait pris l'ascenseur, le bruit m'aurait ~~réveillé~~ alerté, que la lumière de l'escalier m'aurait elle aussi mis en alerte et que c'était difficile en montant ou descendant l'escalier de m'enjamber dans le noir. Cela voulait dire que le kidnappeur n'avait pas encore déposé ses nouvelles directives dans la boîte aux lettres du dentiste, tout était encore à faire. *(Quel talent de déduction quand même !!)*

Lorsque toutes les lumières des fenêtres furent éteintes, je me glissai de nouveau discrètement dans le hall et ce coup-ci, je décidai de m'asseoir sur les premières marches de l'escalier qui descendait à la cave en laissant la porte entrouverte pour avoir une vue sur le hall.

Je choisis cette fois de ne pas mettre mes écouteurs, étant bien décidé à veiller toute la nuit s'il le fallait et surtout à ne pas ~~m'endormir~~ rêvasser de nouveau.

Là aussi, en haut des escaliers de la cave, je voyais bien les boîtes aux lettres et j'étais bien caché de tous ceux qui arriveraient dans le hall.

Une nouvelle fois, j'essayai de me mettre dans une position "confortable", ou tout au moins la moins douloureuse possible. Il n'y avait plus aucun bruit dans l'immeuble, tout le monde devait dormir et même la rue était devenue silencieuse, seuls des petits bruits en bas des escaliers dans les couloirs des caves m'inquiétaient un peu. Je n'osai pas me retourner et me retrouver en tête à tête avec un rat. Par mesure de sécurité, pour éviter toute erreur de jugement de leur part, je remuai de temps en temps un pied, histoire de leur montrer que j'étais vivant.

Et de nouveau, j'attendis, attendis, attendis. Rien ne se passait, cette attente était d'un ennui mortel, les secondes paraissaient des minutes qui elles-mêmes paraissaient des heures. Je regardais constamment ma montre et à un moment j'eus même l'impression que le temps s'était arrêté et je secouais ma montre pour stimuler le mécanisme que je trouvais bien amorphe. Heureusement que derrière moi les bruits étranges et inquiétants de cavalcades et de petits cris aigus me maintenaient éveillé.

Enfin le jour commença timidement à pointer son nez.

L'épais rideau de cette nuit opaque et noire

Fut soulevé par des rayons jaune orangé,

Le soleil naissant s'engouffra dans le couloir,

Créant des ombres étranges pour m'effrayer.

(Tentative de poésie et en alexandrins en plus ! Je vous avais bien dit que je m'ennuyais grave !)

Le hall était maintenant envahi par la lumière blafarde du petit matin quand j'entendis l'ascenseur se mettre en route. Je me redressais prêt à bondir. La cabine arriva au rez-de-chaussée … la porte s'ouvrit … et la personne qui en sortit se jeta rapidement hors de l'immeuble ! Mince, ce n'était pas la bonne, je repris ma surveillance.

Je n'eus pas à attendre longtemps puisque quelques minutes plus tard, un homme entra dans le hall, s'arrêta devant les boîtes aux lettres et se mit à fouiller dans sa sacoche pour en ressortir des papiers.

Comme ce n'était pas l'heure du facteur, c'était mon homme ! Ni une ni deux, je me redressai, ouvris complètement la porte et me jetai sur son dos en accrochant mes bras autour de son cou. Il fut surpris et tomba en arrière. Ce n'était franchement pas voulu ! Accroché dans son dos comme une bernique à son rocher, je tombai à la renverse avec lui et je me retrouvai coincé dessous. L'homme était costaud et en poussant de gros soupirs, il pivota et arriva à se mettre à genoux *(je suis toujours accroché sur son dos, les bras autour de son cou, vous suivez bien)*. Il était plus grand et bien plus fort que moi et il commença à se débattre et à se secouer pour essayer de me faire tomber de son dos. Je m'accrochai à lui comme je le pouvais, à la manière d'un cow-boy de rodéo voulant maîtriser un fougueux étalon et je réussissais à me maintenir tant bien que mal sur son dos. Mais ses ruades étaient de plus en plus violentes et je sentais que j'allais être bientôt éjecté de ma monture. Maintenant, conscient que le rapport de force était en ma défaveur, j'imaginais facilement la suite et espérai au moins voir son visage avant qu'il ne m'assommât.

Quand ..., cela devient une très mauvaise habitude, je reçus une pluie de coups dans le dos.

-   Lâchez mon mari, Monsieur Trouver ! me cria la concierge, tout en redoublant ses coups de manche de balai. Elle était arrivée dans le hall avec son matériel de nettoyage et dans le tumulte de la bagarre, je ne l'avais pas entendue entrer, « mais lâchez le, nom de dieu ! »

Là je me dis que j'avais peut-être fait une erreur sur la personne et je consentis à lâcher mon pur-sang indomptable. L'homme se redressa complètement et se mit debout devant moi, me dominant d'une bonne tête. Penaud, je levais les yeux vers lui et le reconnut, c'était bien le mari de la concierge !

Ne voulant pas révéler la véritable raison de mon intervention, je prétextai :

-   Je suis vraiment désolé, j'ai cru à un voleur de courrier.

- C'est mon mari qui met le courrier du syndic dans les boîtes aux lettres avant de partir à son travail, me dit-elle énervée, « vous le connaissez bien, voyons ! »

Je me confondis encore en excuses, et contrit, je pris la direction des escaliers le plus rapidement possible autant que mon état pouvait le permettre après ce double tabassage, c'est-à-dire à la vitesse d'un vieillard arthritique. Je gravis cahin-caha les escaliers, échappant ainsi à leur vue et à la honte de la situation.

Je rentrai chez moi complètement épuisé et endolori, avec des élancements dans le dos et dans la tête. Quelle nuit cauchemardesque !

Léon me jeta un regard noir à mon arrivée, il ne supportait pas d'être réveillé si tôt.

Je m'affalai dans mon fauteuil et réfléchis. Personne n'était passé dans le hall pour déposer un courrier dans la boîte aux lettres du dentiste, la lumière m'aurait alerté à coup sûr, cela voulait dire que le kidnappeur ne s'était pas manifesté de la nuit ! Là, j'étais dans une impasse, si le ravisseur ne se manifestait plus, l'enquête allait devenir compliquée !

Je décidai de dormir un peu avant de prendre une décision sur la suite des opérations. Je pris deux ibuprofènes pour essayer de calmer mes douleurs dans le dos, ferma mes volets pour assombrir la chambre, me déshabilla, enfila mon pyjama et me couchai dans mon lit douillet.

Alors que je venais juste de m'endormir, on sonna à ma porte.

Ce n'est pas possible !! *(Vous avez remarqué, j'aime bien le comique de répétition.)*

- Oui j'arrive !

Je m'assis au bord du lit complètement dans le cirage et encore meurtri des coups reçus du matin.

Dans la pénombre de la chambre, je ramassai ma robe de chambre qui était tombée au sol et, tout endormi, je me traînai douloureusement jusqu'à l'entrée tout en essayant de mettre ce satané vêtement.

Cela sonna de nouveau à la porte, mon visiteur s'impatientait.

Sans avoir réussi à revêtir complètement ma robe de chambre, j'ouvris.

C'était de nouveau la femme du dentiste.

Elle me jeta un regard étonné. Interloqué par ce regard, je me regardai et je vis avec honte que j'avais la couverture de Léon, remplis de poils et de bave en guise de robe de chambre.

- Heu …… J'étais en train de jouer avec mon chien, me justifiai je.

- Ah c'est pour cela ! *(et de 2, à suivre… !)*

Et elle me tendit une enveloppe.

- Voilà ce que nous avons reçu.

Tout en ouvrant l'enveloppe et en dépliant la feuille qui était dedans.

- Quand et où avez-vous eu cette lettre ?

- Nous venons juste d'arriver et nous avons eu peur quand nous avons vu qu'il n'y avait rien dans la boîte aux lettres. Heureusement que ce message était glissé sous la porte du cabinet, cela nous a rassurés un petit peu.

Malin en fin de compte le kidnappeur, cette nuit il m'avait soigneusement évité. Une question me taraudait l'esprit quand même, comment savait-il qu'il fallait se méfier de moi et que je faisais le guet dans le hall, mystère et boule de gomme ?

Je lus la missive:

SI VOUS VOULEZ RÉCUPÉRER VOTRE CHAT, DÉPOSEZ LES 2.000 EUROS CE SOIR DANS LE LOCAL DE LA MACHINERIE DE L'ASCENSEUR AU DERNIER ÉTAGE.

Elle était écrite de la même façon que la première, avec des lettres découpées dans des magazines.

-    Vous n'avez rien vu cette nuit, me demanda-t-elle.

-    Non, c'est certainement quelqu'un de l'escalier pour vous avoir glissé cette enveloppe sous votre porte, sans être passé par le hall où je suis resté de guet toute la nuit.

-    Oui, vous avez peut-être raison, de toute façon le docteur veut suivre les directives de cette lettre pour récupérer Boris au plus vite, comment pensez-vous que nous devrions faire pour la remise de la rançon ?

-    Mettez l'argent dans une enveloppe, je passerai la prendre dans la journée et je la déposerai moi-même ce soir à l'endroit désigné.

-    Et pour le kidnappeur ?

-    J'attendrai toute la nuit sur place, s'il le faut, comme cela je suis sûr de le prendre la main dans le sac quand il viendra récupérer la rançon !

Je regagnai ma chambre, allumai, et là, je vis Léon allongé de tout son long sur ma robe de chambre. De dépit, je jetai sur lui sa vieille couverture puante et gluante, il prit cela pour une marque d'affection et sans même ouvrir les yeux, il battit le sol de sa queue.

En attendant de nouvelles actions, je retrouvai mon lit bien chaud et je me rendormis aussitôt d'un sommeil profond.

Chapitre 8

La place rouge était vide, devant moi marchait Nat.

(Gilbert Bécaud)

Nous étions poursuivis par un groupe de cosaques, une neige épaisse avait recouvert toute la forêt et les chemins étaient à peine praticables. Notre cheval commençait à peiner sous notre poids et son galop était de plus en plus lent, nos poursuivants se rapprochaient, des coups de feu claquaient derrière nous et les balles nous sifflaient aux oreilles. Natacha me serra encore un peu plus fort, elle avait collé sa tête contre mon dos et m'enlaçait pour ne pas tomber.

Je pris le pistolet qui était accroché à ma ceinture et, en me retournant, je tirai un coup de feu sur nos assaillants. J'avais une nouvelle fois visé juste, l'homme qui était juste derrière nous fut touché et il tomba au sol, un de ses pieds resta accroché à son étrier et il fut traîné pendant des mètres laissant une traînée sanguinolente dans la neige blanche.

Notre cheval était maintenant épuisé, cela faisait des heures que cette poursuite avait commencé. Nous avions été surpris alors que nous cherchions à fuir hors du château d'où j'étais parvenu à la libérer des hommes du Tsar et nous avions eu de salut qu'en sautant sur cet étalon après avoir abattu son cavalier.

Ils étaient de plus en plus proches, je réussis à atteindre un autre cosaque d'un nouveau coup de feu bien placé éloignant un peu le danger mais notre monture ralentissait de plus en plus son rythme. Après quelques centaines de mètres, nos deux derniers poursuivants étaient revenus juste derrière nous et maintenant j'entendais clairement leurs invectives. Espérant leur échapper, je décidai de quitter le chemin et je dirigeai notre cheval au beau milieu des arbres. Pour éviter les branches basses, nous étions allongés sur notre monture et je serrai mes bras autour de son encolure pour ne pas tomber. Mais quelques mètres plus loin, après les heures d'effort que nous lui avions demandées, notre valeureux destrier s'écroula d'épuisement. Nous fûmes projetés au loin dans l'épaisse neige de ces sous-bois. Je me relevai aussitôt, l'un des hommes était déjà sur Natacha en pointant son arme sur elle. Je mis ma main sur mon holster et me rendis compte que je n'avais plus mon pistolet, je l'avais certainement perdu durant ma chute. Heureusement qu'il me restait mon poignard caché dans ma botte, je le pris et grâce à un lancer précis, l'arme traversa le cou de l'homme qui tomba raide mort.

Il ne restait plus que le capitaine des cosaques qui sauta de son cheval, sabre à la main. C'était un bonhomme grand et costaud avec une grosse moustache noire et un regard sévère. Il s'avança rapidement vers Natacha, je me ruai devant elle pour la protéger de mon corps et sortis à mon tour mon sabre de son fourreau et mis en garde le capitaine. Celui-ci sourit,

- Laisse-la, tu as perdu, petit français, tu ne fais pas le poids, je vais t'embrocher comme un mouton. *(Ça fait plus méchoui que chachlik, vous ne trouvez pas ?)*

Pour toute réponse et malgré sa parade, je réussis d'un mouvement rapide de mon sabre à lui entailler le bras, révélant une grande habileté de ma part au maniement des armes blanches. Fou de rage par cette déconvenue, il riposta violemment et nos sabres virevoltèrent et s'entrechoquèrent plusieurs fois. L'homme était vraiment fort et sous la violence de ses attaques, j'étais obligé de reculer. Il me repoussa jusqu'à m'acculer à un gros arbre, j'étais sur la défensive et parai tous ses coups. Devant ma résistance acharnée, il était rouge de rage et frappait de plus en plus fort, accompagnant chaque coup de forts "han" de bûcherons et sur une frappe encore plus forte que les autres, mon sabre se brisa net en deux.

Il rit :

- C'est la fin pour toi.

C'est vrai que j'étais en mauvaise posture. La solution m'apparut comme un éclair et d'un coup sec avec le talon de mon sabre, je frappai la branche qui se trouvait juste au-dessus de nous et un gros tas de neige nous ensevelit presque. Surpris, il lâcha son sabre, je profitai de ce moment pour me ruer sur lui et le transperçai de part en part avec ce qui restait de la lame de mon sabre. C'en était fini pour lui.

J'étais couvert de sang, épuisé et sans force, je me dirigeai chancelant d'épuisement vers Natacha. Quand elle me vit, elle courut vers moi, me sauta au cou et me lécha le visage, elle avait une langue râpeuse, une haleine de bouc et ses poils me piquaient fortement le visage.

- Arrête Léon, j'ai compris ! Quel réveil ! Je faisais un si beau rêve.

(OK chers lecteurs, vous allez me dire que je suis un peu obnubilé par la femme du dentiste. D'accord, mais ne m'en voulez pas, c'est une obsession très masculine. Pour preuve : d'après un sondage dont je vous donne les résultats en exclusivité mondiale, 98% des mâles que j'ai interrogés dans mon entourage ont une attirance envers les femmes blondes à forte poitrine (merci Elie Semoun). Les deux pour cent restants, qui n'ont pas voulu répondre à cette question, sont : le chat de ma voisine et Léon.)

Je m'assis au bord du lit pour reprendre mes esprits. Comme je prenais trop de temps à me réveiller au goût de Léon, il me rappela à mes devoirs en grattant furieusement à la porte d'entrée.

- Attends un peu que je m'habille !!

Je regardais l'heure et en fin de compte je n'avais pas beaucoup dormi avant d'être réveillé par mon Léon et dans un demi-sommeil je m'habillai vite fait, slip, chaussette, chemise, mes deux pieds glissés dans mes mocassins les plus souples *(merci de me le demander, mon pied est bien dégonflé et j'ai moins mal)*. J'attrapai mon blouson et la laisse de Léon, quelques tours de clé et me voilà sur le palier ... sans pantalon ! *(Vous auriez pu me prévenir avant et en plus cela vous fait rire !)*

Retour dans l'appartement et sous le regard impatienté de Léon, j'enfilai vite fait un pantalon pour compléter la panoplie de l'homme habillé et hop, ce coup- ci, c'était le bon départ.

Chapitre 9

Braves gens vous qui avez bon cœur, ayez pitié des pauvres voleurs ... *(Cora Vaucaire)*

Léon, dans un rituel immuable, m'entraîna tout de suite sur la droite à la sortie du hall pour son tour de l'immeuble. Après ses multiples arrêts et soulagements naturels, on arriva à proximité de la descente de caves que l'on prit pour aller jeter le sac de ses déjections dans un des conteneurs du local à poubelles du sous-sol.

En passant devant le garage à vélo j'aperçus, par la porte ouverte, le jeune qui sur le porte-bagages de son scooter, attachait un carton qui semblait assez lourd et qui pouvait sans problème contenir un chat. Étrange et en plus il était debout de bonne heure aujourd'hui, ce qui n'était pas dans ses habitudes.

Je passai rapidement et je me réfugiai avec Léon dans le local à poubelles et j'en profitai pour jeter le petit sac mentionné plus haut, dans un des conteneurs.

Il ne fallut pas attendre longtemps pour entendre le jeune pousser son scooter hors du local, fermer la porte à clé et le conduire vers la sortie.

Du coin de la porte, je le regardai sortir.

Aussitôt qu'il eut franchi la porte, on lui emboîta le pas pour continuer à le surveiller.

Il sortit des caves et arrivé sur la route, il enfourcha son scooter, le démarra d'un coup de kick rageur et partit en trombe.

Intrigué par le colis attaché derrière lui, je le suivis des yeux et je le vis s'arrêter à environ deux cents mètres de chez nous au niveau des premiers bâtiments de la cité "des beaux soleils".

La cité "des beaux soleils" était une grande barre HLM composée de cinq immeubles collés les uns aux autres.

Dans les années soixante, c'était des appartements modernes avec l'eau, le gaz, l'électricité, le chauffage individuel au charbon, il y avait même une salle de bains et des toilettes séparées, c'est dire le confort. Bon, c'est vrai, il n'y avait pas d'ascenseur pour desservir les plus hauts niveaux, en ce temps-là cela n'existait que chez les "riches". L'époque n'était certainement pas facile, néanmoins il y avait de la joie de vivre, de l'entraide et de la solidarité dans ce genre d'immeubles. Maintenant, tout était gris, les antennes paraboliques avaient remplacé les pots de fleurs aux fenêtres et les tags sur les murs, les dégradations, les petits et grands trafics en tous genres étaient maintenant le quotidien des familles qui y vivaient. C'est la "Cour des Miracles" de notre quartier. *(Voici le retour de la "Séquence Émotion" ! Pour les nostalgiques de l'émission disparue "Ushuaia")*

Bon, reprenons notre surveillance.

Je voyais toujours le jeune qui poireautait au pied de l'immeuble.

Qu'attendait-il ? J'étais curieux de voir la suite des événements et je voulus me diriger vers la cité au plus près du jeune. Sauf que c'était compter sans Léon qui n'était absolument pas d'accord avec la tournure des opérations. Pour lui, nous devions finir le tour du bâtiment et remonter le plus vite possible à la maison pour qu'il poursuive son occupation favorite… dormir, et pour bien me faire comprendre mon erreur, il bloqua ses quatre pattes au sol. Après l'avoir traîné sur quelques mètres, je me résolus à le prendre dans les bras. Oh ! qu'il pesait lourd maintenant, il va falloir que je le mette au régime mon gros Léon.

Je remontai la rue vers la cité où le jeune attendait toujours. Il regardait régulièrement sa montre montrant des signes d'impatience, son rendez-vous avait l'air d'avoir du retard. J'étais arrivé à une dizaine de mètres de lui quand trois hommes le rejoignirent et l'un d'eux commença à discuter avec lui. Je m'approchai d'eux sans en avoir l'air, j'avais remis Léon au sol et en fin de compte il appréciait maintenant de humer toutes les odeurs que d'autres chiens avaient laissées, et il y avait de quoi faire.

J'arrivai à leur hauteur, le jeune était toujours en grande discussion avec un des trois hommes. Il y avait un maigrelet, d'une trentaine d'années en blouson de cuir et jean qui fumait une cigarette en écoutant la conversation. Celui qui était en pleine discussion avec le jeune avait autour de la cinquantaine avec des cheveux poivre et sel, pantalon de ville, veston sur chemise ouverte laissant voir une touffe de poils et une grosse chaîne en or et paraissait être le chef de bande. Le troisième, un peu à l'écart, était un gros lard avec la boule à zéro et mesurait au moins trois mètres de haut, portait un tee-shirt rayé à l'horizontale *(certainement un choix vestimentaire pour l'amincir,* et une belle paire de bretelles à fleurs pour retenir un pantalon taille XXXXL, tant il avait un gros derrière.

Le "chef" me jeta un coup d'œil au moment où je passais à côté d'eux, j'ouvris bien grandes mes oreilles espérant attraper quelques bribes de leur conversation mais il arrêta net de parler. Tiré par Léon, je continuai sur le trottoir en essayant de le retenir discrètement pour qu'il fasse un de ses fréquents arrêts. Bien sûr, l'endroit ne lui plaisait pas et il tira de plus belle sur sa laisse pour aller plus loin. Il s'arrêta à quelques mètres, c'était malheureusement trop loin pour que j'entende leur conversation qui avait repris. Je continuai quand même à les surveiller à la dérobée et je vis le "chef" ouvrir un coin du carton, jeter un coup d'œil dedans et visiblement content, le refermer. Puis il fouilla dans une de ses poches de veste, sortit une enveloppe qu'il donna au jeune et prit le colis sous le bras.

Le jeune contrôla l'intérieur de l'enveloppe avec un air satisfait et la mit dans la poche de son blouson puis il démarra son scooter et après un petit salut de la main, quitta sans plus tarder le groupe.

Les trois hommes, tout en discutant, partirent de leur côté vers le centre de la cité. Je les suivis discrètement.

Après avoir passé deux entrées, ils se séparèrent, le mammouth entra dans un hall, le maigrelet et le "chef" avec son carton sous le bras, se dirigèrent vers les caves. J'étais décidé à voir ce qu'il y avait dans ce carton et je les suivis vers les sous-sols.

Léon en avait ras le bol de cette balade qui n'en finissait pas, il s'assit et ne voulut plus bouger encore une fois. Je le pris de nouveau dans les bras pour continuer la filature dans les profondeurs du bâtiment.

Arrivé dans le couloir des caves, je ne les vis plus, j'avançai doucement en regardant dans les couloirs perpendiculaires, il n'y avait personne, ils avaient disparu.

La minuterie s'arrêta d'un coup et je mis du temps avant de pouvoir apercevoir le voyant lumineux d'un interrupteur. J'allumai et un bruit me fit retourner. Juste à quelques mètres derrière moi, je vis la baleine surgir d'une cave en repoussant violemment la porte. Il était armé d'une batte de base-ball. Je décidai courageusement de prendre rapidement la fuite et je me mis à courir, suivi de gras double qui soufflait comme une machine à vapeur. Je passai une porte de séparation des bâtiments et la refermai aussitôt. Je me retrouvai dans un autre couloir de cave complètement sombre. À tâtons, j'essayai de nouveau de trouver un interrupteur, après quelques mètres dans le noir absolu, j'en sentis un sous ma main et pus éclairer le couloir. Il était temps, le pachyderme passait la porte de séparation avec fracas, sa respiration était haletante, il ne devait pas courir bien souvent. Je repris ma course aussi vite que possible, malheureusement pas pour longtemps. Au bout du couloir, il y avait le maigrelet qui pointait vers moi un couteau à cran d'arrêt et derrière lui il y avait le "chef" portant toujours son carton sous le bras en me souriant d'un air menaçant, me montrant par la même occasion qu'il avait pu se payer une belle dentition étincelante de dents en or, ses petits trafics devaient être florissants.

Je m'arrêtai net, j'étais pris au piège, je ne savais plus quoi faire.

Le mammouth arriva derrière moi, je me retournai prêt à en découdre. Il s'arrêta à quelques mètres de moi pour reprendre son souffle, il était maintenant tout rouge et son visage boursouflé dégoulinait de sueur. Me courir après lui avait certainement remué les tripes puisqu'en guise de présentation, il lâcha un énorme pet qui fit vibrer les portes des caves. *(C'est mon côté enfantin).*

Je lui répondis d'un air bravache :

-       Joli prénom, qui vous va bien ! Moi, c'est Gil, je suis ravi de faire votre connaissance.

Les autres derrière moi se mirent à rire.

Vexé, Patapouf s'approcha de moi d'un air menaçant en remuant sa batte de base-ball devant lui, bien déterminé à me rosser.

Contre toute attente, Léon sauta de mes bras et à l'égal du héros vert des comics américains *(Ne confondez pas Hulk avec le "géant vert" des boîtes de maïs en conserve quand même !)*, il se transforma en bête haineuse et se mit à grogner méchamment, montra ses crocs baveux et s'approcha doucement de l'hippopotame.

Cela surprit Bouboule qui n'avança plus sur nous, bien au contraire il commença même à reculer doucement et dans ses yeux l'appréhension s'était installée. Léon semblait vouloir lui bondir dessus, il avançait lentement vers lui comme un félin vers sa proie. D'un coup, la peur prit le dessus et ce fut: "chauve qui peut". Bibendum fit demi-tour, ouvrit la porte et partit dans le couloir en criant :

-      C'est un pit-bull !!

Léon démarra au quart de tour, rattrapa facilement l'éléphant et d'un bond fut sur lui et lui mordit une fesse, la grosse barrique poussa un cri inhumain amplifié par le dédale des couloirs de caves, il était effrayé ! De la même façon qu'un bolide de jeu vidéo dont on vient d'activer la touche "nitro" du tableau de bord, il accéléra dans un nuage de poussière jusqu'à disparaître rapidement par la porte donnant sur l'extérieur.

Léon partit en trombe à sa poursuite. Je l'appelai avant qu'il ne sorte:

-      Léon, viens ici !

Pour la première fois, il m'écouta. Il s'arrêta net et revint vers moi en remuant la queue, tout content de ce qu'il venait de me montrer. C'est vrai qu'il m'avait épaté le bougre ! Un coup d'œil derrière moi m'apprit que les deux autres avaient disparu aussi. Je congratulai de quelques caresses mon sauveur, l'attachai et on sortit rapidement du couloir des caves pour rejoindre dare-dare notre bâtiment où l'on retrouva avec grand soulagement notre "chez nous".

Au final, j'avais pris beaucoup de risques pour ne rien savoir sur le contenu du carton qu'avait vendu le jeune ! C'était énervant et je notai sur mon tableau "carton" suivi d'un gros point d'interrogation, parce que si c'était le chat que le jeune venait de vendre, nous ne retrouverions jamais "Boris". Par contre, s'il avait volé ce chat en ayant l'idée de le vendre à cette bande de malfrats, qu'allaient-ils faire avec cette pauvre bête ? Et pourquoi demander une rançon au dentiste ? Voulait-il gagner des deux côtés ?

Maintenant, j'avais hâte de surprendre le kidnappeur quand il viendrait récupérer la rançon pour avoir les réponses à toutes ces questions qui s'accumulaient sur mon tableau.

Chapitre 10

Mais comme dit ma concierge … *(Mouloudji)*

Nous étions en fin de matinée, et comme j'avais besoin de renseignements sur certains de mes suspects il fallait que j'aille voir mon "Huggy les bons tuyaux" *(Starsky et Hutch vous vous rappelez ?)*, c'est à dire …. la concierge.

Pour me faire pardonner des événements du matin, je pris à regret un de mes petits paquets de chocolats dans le stock de sucreries de mes placards. C'est un de mes défauts, je suis un "bec sucré" *(clin d'œil à celui qui se reconnaîtra).*

Quand la concierge me vit à travers sa porte vitrée, elle fronça ses sourcils, ce qui veut dire en langage de sa corporation : "Ah c'est l'autre abruti qui arrive. Qu'est-ce qu'il me veut encore ? "

L'hypocrite m'accueillit avec un grand sourire commercial :

- Re-bonjour, Monsieur Trouver, que puis-je pour vous !

- Re-bonjour, je viens pour m'excuser à nouveau de ce qui s'est passé ce matin.

- Cela a été rude pour mon mari mais c'est oublié maintenant.

- Voici pour vous, je lui tendis mon sachet de chocolats, « c'est pour me faire pardonner ».

- Merci, il ne fallait pas et en voyant le logo du chocolatier, « oh ! Ils sont excellents ceux-là, nous les avons déjà goûtés. »

Tu parles ! Des chocolats du meilleur chocolatier de la ville, c'était un crève-cœur de lui donner mais les affaires avant tout !

- Avec l'arrivée du jeune au quatrième en remplacement de la vieille dame qui habitait là, je ne suis plus tranquille et j'avais l'impression que du courrier disparaissait, c'est pour cela que j'ai agressé votre mari ce matin, j'ai cru que c'était un des copains du jeune !

Les chocolats avaient fait leur effet, elle était souriante maintenant :

- Ah, je comprends. Ceci dit, mon mari va être content d'avoir été pris pour un jeune ! me dit-elle en riant.

- Vous savez d'où il vient ce jeune ?

- Oui, c'est le petit-fils de la vieille dame qui est propriétaire de cet appartement, sa fille l'a mise dans une maison de retraite et en attendant de le vendre, elle a autorisé son fils à l'occuper. Je crois qu'elle est contente de s'en être débarrassée.

- Je le pense aussi. Ce n'est vraiment pas un cadeau pour l'immeuble qu'il soit venu vivre dans ce logement, en plus il traîne avec les racailles du coin, ceux qui habitent la cité et ils sont souvent dans notre hall en train de fumer et de discuter.

- Je le sais bien, Madame Guicheuse, la dame avec ses chats qui habite au premier étage dans votre escalier, les surveille tous les jours et elle en a encore chassé un à coups de canne hier soir, qui dormait sur les marches !

Malgré mon dos qui s'en souvenait encore, je pris un air étonné :

- Ce n'est pas croyable le sans-gêne de ces jeunes ! Et ce gamin, vous savez de quoi il vit ?

- Mon mari travaille dans les services sociaux de la ville et il m'a dit qu'il ne travaillait pas, qu'il touchait juste le R.S.A.

- Qui paye les charges de l'appartement alors ?

- C'est toujours prélevé sur le compte de la grand-mère, selon le syndic.

- Donc si je comprends bien, en attendant que l'appartement soit vendu, nous allons devoir le supporter lui et ses copains, ce n'est vraiment pas une perspective réjouissante et en plus il est bruyant avec son scooter.

- Oui, vous n'êtes pas le seul à vous plaindre, nous lui avons déjà demandé plusieurs fois de respecter les règles de la résidence mais il n'en a rien à faire.

- Heureusement qu'avec le nouveau petit couple de jeunes en face de chez moi et le nouveau dentiste avec sa femme, cela se passe bien.

- Oui, avec le jeune couple en face de chez vous ça va, par contre la femme du nouveau dentiste a un comportement douteux !

- Ah bon ! *(J'ai senti que vous aimez bien cette expression).*

Elle se pencha vers moi et baissa la voix d'un ton.

- Mon mari l'a croisée plusieurs fois la semaine dernière en centre-ville avec un autre homme !

- Ce n'est pas possible !!

- Si, si ! Elle était avec un grand jeune homme blond et ils semblaient se connaître très bien, me dit-elle avec un gros clin d'œil.

- Ce n'est pas possible !!

- Si, si ! L'autre jour, ils déjeunaient ensemble à la pizzeria du centre commercial, ils s'étaient, paraît-il, mis bien au fond dans un coin pour ne pas être vus !

- Ce n'est pas possible ! *(C'est vrai que je pourrais me creuser un peu la tête pour trouver d'autres réponses. Cependant, vous commencez à me connaître et vous savez bien que je suis fervent des copier/coller, c'est bien plus facile pour moi).*

- Si, si ! Et d'un coup, ils ont disparu et mon mari ne les a plus revus !

- Ce n'est pas possible !! *(Juste un petit dernier pour la route).*

- Si, si ! *(L'impératrice ... Désolé, je n'ai pas pu résister !)* et ...

L'arrivée du facteur avec des colis à distribuer interrompit notre conversation. Elle baissa encore plus la voix.

- Et ils ont aussi été vus chez le fleuriste ensemble. Attention, cela doit rester entre nous et elle me fit encore une fois un clin d'œil !

Je lui répondis d'un ton de connivence :

- Bien entendu, je n'en parlerai à personne !

Elle se mit derrière son comptoir et à voix haute :

- Au revoir et bonne journée, Monsieur Trouver.

- Bonne journée à vous aussi, encore mille excuses à votre mari.

Je la quittai avec des questions plein la tête.

C'est vrai que Natacha avait quitté le cabinet pour faire quelques courses, et au bon moment en fait ! *(Vous vous en souvenez ou vous êtes obligé de relire le passage ?)*

En plus elle savait que je guetterai les boîtes aux lettres cette nuit, c'était facile pour elle de faire croire qu'elle avait récupéré le mot du kidnappeur glissé sous sa porte !

Était-elle devenue un suspect supplémentaire ?

Quel mobile aurait-elle ?

Que faisait-elle en ville aux heures du déjeuner?

Qui était cet homme qu'elle rencontrait en évitant d'être vue ?

Que cachaient ces rencontres ?

Cette information peut-elle m'aider dans mon enquête ou alors cela n'a rien à voir avec et ce n'est peut-être qu'une histoire banale d'adultère ? *(Je vous avais prévenu pour le suspense !)*

Chapitre 11

Car je suis détective, détective privé toujours sur le qui-vive … (Dorothée)

De retour dans mon escalier, je montai au troisième et sonnai à la porte du dentiste et essayai d'entrer comme cela était noté sur la porte, "SONNEZ ET ENTREZ VOUS ASSEOIR DANS LA SALLE D'ATTENTE", sauf que la porte était fermée à clé. Je lus un peu mieux le panonceau, il était noté en dessous : "Horaires d'ouverture du cabinet : 9h00 - 12h00 et 13h30 - 19h00". Je regardai ma montre, il était 12h05. À cinq minutes près j'espérai bien qu'ils soient encore là. Je sonnai de nouveau et comme il n'y avait toujours pas de réponse, je frappai à la porte en criant.

- Il y a quelqu'un !!!

J'entendis la voix du docteur derrière la porte.

- Le cabinet est fermé, revenez à 13 heures 30.

- C'est Monsieur Trouver !!

- Ah bon ! *(C'est mon interjection préférée, on dirait !)*

Quelques tours de clé plus tard, la porte s'ouvrit.

Il attaqua de suite :

- Votre enquête avance ?

- Oui ça commence à s'éclaircir un petit peu, avez-vous préparé l'enveloppe avec la rançon ?

- Oui, Natacha l'a préparée, elle m'a dit l'avoir déposée sur le bureau avant de partir déjeuner avec une amie en ville, je vais vous la chercher.

Il alla jusqu'à son bureau, souleva quelques papiers qui étaient posés dessus :

-   Ah, voici l'enveloppe, je vérifie qu'il y a bien le compte. Oui, il y a bien les deux mille euros demandés. Vous savez où déposer la rançon ? Pour ma part, je ne sais vraiment pas où est ce local d'ascenseur !

Je pris l'épaisse enveloppe et la mis dans ma poche.

-   Ne vous inquiétez pas, je sais où est ce local, il est situé tout en haut des escaliers. Cependant, c'est quand même vraiment bizarre de choisir cet endroit où il n'y a pas d'issue et en guettant toute la nuit je devrais surprendre le kidnappeur.

-   Eh bien, si c'est un cul-de-sac, je suis comme vous, je trouve cela étrange de choisir cet endroit pour que nous y déposions la rançon. Peut-être qu'il ne connaît pas vraiment les lieux ? Dans ce cas, j'espère bien que vous allez pouvoir voir son visage et connaître ainsi son identité.

-   Je ne vois pas comment je pourrais le louper, il sera pris au piège. Ah ! J'ai hâte de le démasquer cette nuit quand il viendra pour récupèrer l'enveloppe. Bon, je vous laisse, j'ai encore des détails à régler, bonne après-midi !

-   Bonne après-midi à vous aussi et bonne veille pour cette nuit. Attention, rappelez-vous que la priorité est de retrouver Boris, donc agissez avec discernement.

Je lui répondis tout en refermant la porte :

-   Ne vous en faites pas, tout va bien se passer. Je l'espérai en tout cas.

Je descendis rapidement l'étage qui nous séparait, j'ouvris ma porte et chercha Léon dans l'appartement, c'était facile puisque comme souvent, il était affalé de tout son long en travers de mon lit. Je lui fis une petite gratouille sur la tête pour le réveiller, retournai dans l'entrée et attrapai vite fait mes clés de voiture qui sont accrochées sur un petit tableau à côté de la porte. Comme par magie, Léon bien réveillé se retrouva à mes côtés, prêt à sortir. Dès qu'il entendait le bruit du trousseau de clés de la voiture, c'était comme un réveil matin pour lui, d'un bond, il se mettait sur ses quatre pattes et accourait. Il était toujours prêt à me suivre pour faire un tour de voiture, dans ce qui était son deuxième "chez lui".

Mes clés de voiture sont habillées d'un beau porte-clés fait de cuir noir en forme d'écusson avec dessus le logo mythique en métal de "Porsche" aux couleurs or, noir et rouge *(c'est un "vrai" ne cherchez pas)*. Cela faisait toujours son petit effet quand je le sortais nonchalamment de ma poche, pour l'exhiber sans en avoir l'air, histoire de frimer un peu à pas cher. *(Vous allez me dire que cela n'a rien à voir avec l'histoire ! C'est vrai, pour tout vous avouer, comme je n'ai pas les moyens de payer une "Porsche" à mon "héros", il a bien voulu se contenter du porte-clés de la marque, donc il en profite, c'est humain !).*

On regagna ma vielle "Clio" *(pas trop déçu ?)* qui était garée derrière le bâtiment. Comme à son habitude, Léon s'installa confortablement sur la banquette arrière et après une mise en route toussotante de l'antique moteur, je filai vers le centre-ville à la recherche de l'énigmatique Natacha.

Le centre-ville n'était pas loin de notre quartier, c'était un centre-ville de gros bourg avec de belles maisons de maître, grises et hautaines, de gros pavillons eux aussi gris et de vieux immeubles de trois à quatre étages maximum, tout aussi gris. *(Cela ressemble à votre centre-ville, non ?)*

Il y a deux rues principales qui se croisent à angle droit où sont concentrés tous les petits commerces, restaurants et bistros et depuis seulement deux ans, suite à la démolition d'un bloc de vieilles bâtisses toutes proches du centre, était venu s'implanter au grand dam des commerçants du coin, un petit centre commercial composé d'un supermarché, d'une pizzeria, d'un fleuriste, de quelques marchands de vêtements et de petites échoppes vendant des babioles en tous genres.

Ce centre commercial avait un avantage énorme par rapport au centre-ville, c'est qu'il y avait un parking gratuit ! Malheureusement ce parking, durant l'heure du déjeuner, était toujours plein à craquer.

En y arrivant, je fis comme tout le monde, je me mis à tourner dans les allées pour chercher une place. Nous étions plusieurs voitures à avancer doucement à la queue leu leu. Tous les yeux des occupants des véhicules de cette ronde infernale cherchaient le moindre mouvement des piétons et des voitures garées, tout en surveillant les véhicules adverses .... C'était le combat du midi !

Dès qu'une personne arrivait à pied des commerces, tous les regards étaient concentrés sur elle et la partie de chaises musicales pouvait commencer.

Il fallait avoir le pied précis pour ralentir ou accélérer à l'instant opportun, la tension était extrême, chacun tenant fortement son volant à deux mains afin d'avoir le geste le plus rapide et le plus sûr pour virer d'un coup sec au bon moment dans la place libérée. C'était un ballet de guerriers ! Au même titre que les gladiateurs dans l'arène, chacun était armé de son arme favorite, lui une vieille VW polo qui avait tout pour réussir, celui-là une BMW bien trop neuve pour qu'il ait sa chance, l'autre un 4x4 menaçant qui espérait faire peur à ses adversaires et celle-là, une voiture "japonocoréenne" au nom imprononçable, qui était suffisamment petite pour se glisser dans un trou de souris au nez et à la barbe des autres. Le combat commençait dès qu'une place se libérait. Chacun savait qu'il n'avait qu'une chance et que le coup de klaxon rageur de celui qui avait perdu était synonyme de la fin de l'affrontement, obligeant de nouveau à être sur le qui-vive.

De temps en temps, des étrangers venaient nous affronter, les Parisiens étaient les plus redoutables, ils étaient entraînés par leur mairie qui leur supprimait régulièrement des places de stationnement en centre-ville, les Marseillais étaient les plus virulents, habitués qu'ils étaient aux combats dans les petites rues autour du vieux port mais souvent c'était un de chez nous qui en sortait vainqueur. Et il sortait de sa voiture sous les acclamations des connaisseurs que nous étions devenus.

Après un dur combat gagné contre une Italienne plus toute jeune, je me garai enfin. J'ouvris les deux fenêtres de l'avant pour faire de l'air à l'occupant des places arrière et sortis de la voiture sans la fermer à clé, Léon étant le meilleur système antivol que l'on puisse trouver. Dès que quelqu'un touchait la voiture, il se redressait et montrait les dents, cela suffisait pour écarter toutes velléités de vol ou de dégradations.

Je partis à la recherche de Natacha. Je commençai par les abords de la pizzeria. À cette heure-là, la terrasse et le coin vente à emporter étaient remplis d'affamés, cependant elle n'était pas parmi eux. Je rentrai rapidement à l'intérieur du restaurant, elle n'y était pas non plus. Je fis le tour des boutiques, rien ! Je sortis du centre commercial et je me dirigeai vers les rues commerçantes du centre-ville. Après avoir fait plusieurs fois les rues en long en large et en travers et regardé à l'intérieur de chaque boutique, il fallut que je me rende à l'évidence, elle n'était pas en ville !

Avant de reprendre le chemin du parking, je passai vite fait à l'agence de voyages en quête de renseignements.

Bon, il était déjà treize heures passées et ne l'ayant toujours pas aperçu, je retournai à ma voiture.

En sortant du parking, je croisai une Fiat 500 qui y rentrait, c'était le tout nouveau modèle qui était d'un joli vert acidulé le "mint green" de chez Fiat, avec à son volant la jolie Natacha. Je fis demi-tour au premier rond-point *(heureusement que la France est championne du monde des ronds-points !)* et j'entrai de nouveau dans le parking. Je vis que Natacha avait, je ne sais pas par quel miracle, déjà eu une place et qu'elle avait déjà quitté son véhicule. Il fallut que j'attende de longues minutes dans la file mouvante avant de voir un emplacement se libérer devant moi, et de le prendre juste devant une camionnette déglinguée qui montra son mécontentement par un long coup de klaxon accompagné de doux noms d'oiseaux de la part de son conducteur.

Une fois garé, je me mis de nouveau à la recherche de Natacha. La pizzeria, dehors et dedans, les boutiques du centre commercial, dehors et dedans et ainsi pour tous les magasins, bars et échoppes des rues commerçantes du centre-ville. Que nenni, impossible de la retrouver !!

Déçu, je retournai de nouveau à ma voiture et tout en m'y installant, je vis plus loin Natacha reprendre la sienne et sortir rapidement du parking. Raté ! j'étais dépité, et je n'étais pas plus avancé sur les mystérieux rendez-vous de l'intrigante. Énervé par cette perte de temps, je rentrai directement à la maison.

Cette balade infructueuse m'ayant affamé, je pris un copieux déjeuner, puis je m'installai confortablement pour digérer dans mon fauteuil favori et y faire un petit somme réparateur. Après quelques instants, je me rendis compte que ce n'était pas possible de me reposer, cela tournait trop dans ma tête, il fallait que je trouve comment guetter la venue du ravisseur sans être vu par lui. Je connaissais suffisamment le dernier palier de l'escalier car j'avais suivi, il y a quelque temps, des électriciens qui étaient venus effectuer des réparations dans l'armoire électrique, pour élaborer un plan. Léon vint me rejoindre et s'installa confortablement à mes pieds pour réfléchir avec moi. Après quelques longs moments pour élaborer un plan qui semblait tenir la route, je me levai et inscrivis sur mon tableau ce que je venais de prévoir ainsi que la liste de tout matériel nécessaire à l'exécution de celui-ci. C'était important d'être précis, la nuit de veille qui m'attendait promettait d'être décisive et je ne pouvais pas me permettre de faire des erreurs.

J'avais du temps devant moi, j'en profitai pour reprendre mon sac de bricolage et ma jolie plaque dorée gravée à mon nom, descendis devant le hall de notre escalier et entrepris de finir l'installation de mon enseigne professionnelle.

Après m'être escrimé durant de longues minutes à fixer celle-ci, sans me blesser, ce qui était déjà un exploit, je contemplai mon travail. Bon c'est vrai, malgré l'utilisation d'un niveau acheté spécialement pour l'occasion, cela penchait un peu *(je vous ai dit que je n'étais pas très doué en bricolage).* Quoique, en prenant un net recul, cela avait de l'allure quand même, j'étais assez content de mon travail en finalité.

Sans avoir oublié de prendre une bière fraîche *(Ok, j'ai compris, à vos sous-entendus qu'il va falloir que je mette la pédale douce sur la bière si je veux éviter les "abdominaux Kronenbourg"),* je m'installai de nouveau confortablement dans mon fauteuil et je finis l'après-midi à relire un "Agatha Christie" histoire de rester dans le contexte d'une enquête. C'était une histoire sans trop d'action, nous sommes avec "Hercule Poirot" il ne faut pas l'oublier.

Léon me sortit de mon histoire en grattant comme un dératé à la porte. Le gaillard avait certainement mangé une pendule étant petit puisqu'il tous les jours et aux mêmes heures c'était les : "Happy hours de Léon" et il fallait le sortir et le nourrir rapidement.

Mon travail de bon maître exécuté, Léon, le ventre plein, était maintenant fin prêt pour sa nuit et il disparut rapidement dans la chambre, me laissant tranquille pour me préparer pour cette nouvelle nuit loin de mon lit.

Je mis dans un sac de sport tous les éléments de ma liste du tableau et... Bon, vous connaissez la routine et comme je suis un peu fatigué, je vous fais un copier-coller de la soirée précédente *(pas la peine de lire le passage suivant comme cela, allez directement au Chapitre 12, cela arrange tout le monde).*

"J'avais encore du temps devant moi, je pris une longue douche bien chaude, un repas léger, et me prépara pour ma nuit de veille. J'enfilai un pantalon de jogging *(oui j'ai une collection de "joggings" vintage)* mes baskets les plus larges pour y entrer mon pauvre pied meurtri et mon sweat à capuche de "caillera". J'étais fin prêt."

(Je m'en doutais, vous n'avez donc pas pu vous empêcher de lire ce passage. L'avez comparé à celui de la soirée précédente ? … … … Alors qu'il y a peut-être des changements hi, hi, hi. !!)

Chapitre 12

Au jour le jour, à la nuit la nuit, à la belle étoile c'est comme cela que je vis... *(Juliette Greco)*

À la nuit tombée, je pris l'enveloppe que m'avait confiée le dentiste et le sac que j'avais préparé. Je rejoignis le quatrième étage par l'ascenseur, puis je montai à pied la dernière volée de marches qui permettait d'atteindre le petit palier qui était à mi-niveau du toit plat en terrasse de l'immeuble.

En arrivant sur ce palier, sur le mur en face tout en haut, il y a une petite fenêtre fixe qui donne sur le toit plat. Sur la droite se trouve la porte métallique qui permet l'accès au petit local de la machinerie de l'ascenseur et cette porte fait presque la largeur du petit palier. Sur la gauche se trouve un renfoncement de soixante centimètres au moins où est fixée une armoire électrique à environ un mètre vingt du sol d'où sortent des gaines électriques qui partent en longeant le mur vers les étages inférieurs. *(Je ne suis pas très doué pour vous décrire l'endroit, j'espère quand même que vous arrivez à visualiser les lieux sinon vous n'allez rien comprendre de la suite de l'histoire... Bon en voyant votre tête je comprends que ce n'est pas gagné. Allez, je suis sympa avec vous, je vous ai fait un petit croquis vite fait pour vous aider ! Merci qui ?)*

Je m'aperçus alors que la glace du petit boîtier rouge fixé à côté de la porte qui est réservé aux pompiers en cas d'intervention urgente avait été brisée et que la clé de la porte du local de la machinerie d'ascenseur qu'il devait contenir avait disparu !

C'est donc sans surprise que j'ouvris facilement la porte métallique. Il avait bien préparé son coup, le kidnappeur !

Sans entrer dans le local où il y faisait nuit noire, je déposai l'enveloppe bien visible sur le sol devant la porte, et la refermai.

Du sac de sport, je sortis :

- un coussin de chaise rembourré.

- un oreiller.

- un dessus-de-lit molletonné.

- une lampe torche. *(dont j'avais vérifié les piles, ne vous inquiétez pas).*

- un rouleau de fil de pêche en nylon.

- un trombone. *(Non, pas un trombone à coulisse, très drôle !!).*

Dans le petit renfoncement qui était sous l'armoire électrique, j'installai le coussin de chaise au sol, posa la lampe torche à côté puis je pris le trombone et en l'écartant un peu j'en fis quelque chose qui ressemblait à un crochet muni d'un anneau. *(MacGyver est de retour !).*

Je réussis, en forçant un peu, à glisser le bout écarté du trombone dans un interstice au niveau du gond inférieur de la porte du local. J'attachai le fil de pêche à la poignée au plus près du panneau de porte, puis le passa dans l'anneau du trombone et le déroula le long du mur, jusque sous l'armoire électrique où j'avais positionné mes affaires.

Je m'assis alors dans le petit renfoncement sur le coussin de chaise rembourré *(vous avez compris pourquoi je tenais à ce qu'il soit bien rembourré,)* et je calai mon dos sur l'étroit mur de soixante centimètres. Jambes pliées et les pieds calés sur le mur du fond, je tendis le fil et le nouai autour de ma cheville. Je pris du sac l'oreiller que je mis derrière ma tête et le dessus-de-lit molletonné avec lequel je me couvris entièrement, ainsi je serais bien au chaud et bien installé en attendant le moment décisif.

L'idée de cette installation dans ce renfoncement invisible de celui qui montera les escaliers en pleine nuit, était que: quand le kidnappeur ouvrira la porte, cela tirera sur le fil qui lui-même tirera sur ma cheville et cela me réveillera. Je dirigerai alors le faisceau de ma torche sur son visage pour connaître son identité... finaud non ?

(Hé, le MacGyver d'opérette, tu es sûr que ton installation est correcte ? Il me semble que la distance entre la poignée de porte et le gond sera toujours la même, quel que soit le degré d'ouverture de la porte ! Donc ton fil ne te tirera jamais ta cheville CQFD ...)

Je réfléchis un bon moment *(Rrrrrrrrr ça m'énerve quand vous avez raison !).*

Je me relevai donc en évitant de me mettre la tête dans l'armoire électrique juste au-dessus de moi. Je détachai le fil de pêche de ma cheville, le tira hors du trombone et le détacha de la poignée extérieure de la porte. Je l'attachai, ce coup-ci, sur la poignée intérieure, puis je le passai d'un trou à l'autre de la gâche *(merci Larousse.fr, eh non, ce n'est pas qu'une brioche !)*, je le glissai ensuite sous la porte, ferma celle-ci et le tendit pour vérifier qu'il ne se coinçait pas et qu'il pouvait coulisser facilement. Je le repassai alors dans l'anneau du trombone pour qu'il soit le plus près du mur pour être quasi invisible et le tendit jusqu'au recoin *(vous avez bien suivi, la manœuvre ?).* De nouveau, je m'installai sous l'armoire électrique bien assis sur le coussin de chaise rembourré, dans la position que j'avais il y a quelques instants et l'attachai à ma cheville. *(C'est bon maintenant les "pinailleurs" sont satisfaits ?).*

Je complétai mon installation par mon oreiller bien calé derrière la tête et de nouveau, me couvrit de la tête aux pieds avec le dessus-de-lit.

Voilà, j'étais bien installé, je pouvais m'endormir en étant absolument sûr d'être réveillé par le kidnappeur quand il viendra chercher la rançon.

(C'est vrai que je dors beaucoup dans cette histoire. Pour ma défense, rappelez-vous que ma dernière nuit a été pas mal perturbée !).

Malgré la position pas très confortable, je m'endormis rapidement. Je peux m'endormir n'importe où, en train, en bus, en bateau ou dans une salle d'attente, quel que soit l'endroit j'ai cette faculté-là *(désolé pour les insomniaques)*. Pas de cauchemars et encore moins de rêves à vous raconter *(Je sais, vous êtes déçu, vous attendiez avec impatience la suite de mon aventure dans la neige de Russie avec la belle Natacha, tant pis pour vous, c'est raté !).*

Ce sont les premiers rayons du soleil qui, dans un ciel sans nuages à travers la vitre de la petite fenêtre, vinrent titiller mes nerfs optiques en projetant un kaléidoscope de couleurs à l'intérieur de mes paupières *(pour faire court, la lumière du jour me réveilla !)*. J'ouvris les yeux et repris conscience de la situation. Étonnamment, je n'avais pas été réveillé de la nuit et la porte du local était toujours fermée. Les quelques heures passées dans cette position n'étaient pas idéales pour mon dos, je me redressai difficilement en évitant toujours de me planter la tête dans l'armoire électrique au-dessus de moi et j'allai ouvrir la porte du local.

Stupeur, l'enveloppe n'était plus là !! *(Du suspense, des rebondissements. Vous en avez rêvé... ~~Sony la fait.~~ Je l'ai fait).*

Je mis du temps à comprendre. Au fond du local, des traits de lumière dessinaient une petite porte en haut du mur opposé, elle était accessible par une petite échelle de cinq barreaux fixée au mur et cette petite porte donnait accès directement au toit plat. Hier soir dans la nuit, je ne pouvais pas la voir ! Le kidnappeur avait certainement pris l'autre escalier de l'immeuble et en passant par son local d'ascenseur qui devait être construit de la même façon, il était monté sur le toit puis était entré dans celui-ci pour prendre l'enveloppe et avait refait le chemin inverse pour partir sans être vu. En réfléchissant, cela devenait évident que c'était la seule explication possible, j'avais à faire à un malin. Je m'étais fait avoir en beauté sur ce coup, pas très futé en fin de compte, le détective!

De nouveau complètement dépité et vexé de ce nouvel épisode peu glorieux de ma carrière débutante, je ramassai rapidement mes affaires, remis le tout dans mon sac et descendis les escaliers en courant rejoindre mon "home sweet home".

Et,… je me pris une mémorable gamelle dans l'escalier, Aïe ! Aïe ! Aïe ! J'avais complètement oublié *(vous aussi, j'en suis sûr!)* que j'avais toujours le pied attaché par le fil de nylon à cette foutue poignée de porte du local d'ascenseur !

Quel nul j'étais ! J'avais mal partout, aux coudes, aux genoux et encore, heureusement que je portais mon sac devant moi, l'oreiller, le coussin et le dessus-de-lit avaient amorti en partie ma chute dans les escaliers.

Après m'être enfin détaché, je descendis les quelques marches en clopinant et pris l'ascenseur pour rejoindre mon appartement. Léon m'accueillit avec sa tête d'endormi en me jetant un regard noir, il ne supportait pas d'être une nouvelle fois réveillé si tôt et après un chatouillis sur le haut du crâne, pour me faire pardonner, il repartit fissa se coucher.

Encore endolori par cette chute, je me mis sous une douche bien chaude, histoire de détendre mes muscles et soulager mes douleurs. À peine commençai-je à savourer ce doux moment savonneux que l'on sonnât à ma porte.

Ce n'est pas possible ! *(Eh oui, encore une fois).*

Tout en attrapant une serviette pour me sécher rapidement, je criai.

-      J'arrive ! Les yeux encore pleins de savon, je tâtonnai
       pour prendre mon peignoir et l'enfilai rapidement.

J'ouvris la porte.

C'était de nouveau la femme du dentiste.

Elle me regarda de la tête aux pieds et dans ses yeux je vis l'étonnement et je sentis qu'elle prenait sur elle pour ne pas rire.

Je vérifiai de nouveau comment j'étais habillé et je me rendis compte que dans la précipitation, j'avais mis le peignoir que m'avait laissé mon amie, peignoir rose sexy avec un genre de dentelle affriolante devant .... Encore une fois la honte absolue devant la plus belle femme ~~de l'escalier~~, ~~de l'immeuble~~ du quartier.

- Heu, excusez-moi de vous accueillir habillé de la sorte, j'ai fait vite et j'ai pris la sortie de bain de mon amie.

- Ah, c'est pour cela ! *(et de 3. Cela fait : jamais 2 sans 3 ...pour les amateurs de vieilles Peugeot !!! Hé oui, tout ce décompte pour sortir une vieille blague, rien ne m'arrête aujourd'hui !).*

Et elle continua :

- Regardez, me dit-elle d'un air triomphant, ce matin nous sommes arrivés très tôt pour connaître le dénouement de cette affaire et nous avons retrouvé Boris couché sur notre paillasson.

Elle avait des larmes aux yeux, elle était réellement heureuse d'avoir récupéré Boris. Oui, je l'avais bien reconnu, cette énorme boule de poils grise et blanche ressemblait bien au gros matou poilu des photos. Le gros Boris était couché dans les bras de sa maîtresse, trop content d'avoir retrouvé des bras connus.

- Alors, vous avez vu le kidnappeur cette nuit lorsqu'il est venu récupérer la rançon, vous savez maintenant qui sait ?

- Heu ...non...

Je n'étais pas très fier de moi :

- ... Il est passé par l'autre escalier pour arriver sur le toit rejoignant ainsi le local d'ascenseur en contournant le piège que je lui avais tendu. C'est un malin mais c'est forcément un de nos suspects qui habitent dans l'escalier, puisqu'il connaît parfaitement les lieux et qu'il est capable de suivre mes allées et venues.

-   Ça alors ! Mais qu'allez-vous faire maintenant ?

Je réfléchis rapidement, assemblant mentalement les derniers événements et les notes et remarques de mon tableau qui me revenaient en tête. Quelques pièces de ce puzzle s'encastraient parfaitement maintenant, il me restait quand même quelques vérifications à faire. Mais je pris la décision qui s'imposa à moi.

-   Pouvez-vous donner rendez-vous à tous les suspects en fin d'après-midi, on va dire dix-huit heures si cela vous va. Prétextez un contrôle dentaire ou ce que vous trouverez de mieux pour les faire venir. J'ai encore quelques vérifications à faire dans la journée mais en fin d'après-midi, je serai là pour vous révéler tout sur cette sombre affaire. *(Pas mal, on dirait la fin d'un Maigret ... qui a dit : de canard ?).*

-   D'accord, j'en parle à mon mari, mais je suis sûr que nous pouvons tous les réunir ce soir.

Une fois qu'elle fut partie, je pus retourner sous la douche pour finir de soulager avec de l'eau bien chaude tous les endroits meurtris par la chute dans l'escalier. *(Vous avez certainement remarqué que je suis un adepte des douches bien chaudes ☺).*

Je préparai ensuite rapidement nos petits déjeuners puis, rassasié, on descendit faire la balade du matin. Après le cérémonial habituel et malgré l'insistance de Léon qui voulait rentrer à notre appartement *(vous commencez à le connaître)*, je pris dans le hall la direction des caves et je remontai dans l'autre escalier de l'immeuble pour faire les vérifications qui s'imposaient.

De retour à la maison, je repris mon tableau et sous l'œil avisé de Léon, je préparai les grandes lignes de mon intervention de ce soir. En me relisant, je trouvais que cela avait du sens et Léon était d'accord avec moi. Il restait quand même quelques incertitudes et approximations que je voulais absolument éclaircir avant le grand final de ce soir.

Chapitre 13

J'en ai marre de cette nana-là, marre de cette nana....
(Patrick Bruel)

Nous étions en fin de matinée et je décidai d'aller voir le dentiste pour savoir s'il avait pu organiser la confrontation que j'avais prévue. Je sonnai à sa porte et comme ce coup-ci il n'était pas encore midi, la porte n'était pas fermée à clé. J'entrai et comme je vis que la porte de la salle des supplices était fermée, je me résolus à attendre le docteur dans la salle d'attente qui était vide de patients. Mais elle n'était pas inoccupée, Boris allongé sur le sol se prélassait à la chaleur des rayons du soleil qui dardaient à travers les vitres de la fenêtre. Il avait rapidement repris ses habitudes, le gros pépère. Je me penchai vers lui et une caresse suffit à démarrer le ronronnement de contentement. De la salle des tortures on percevait les bruits de roulette, fraiseuse, perceuse et d'autres engins tout aussi stressants et on entendait aussi le docteur parler au patient qui s'efforçait de lui répondre par des "hum, hum" pour oui et par des "hum, hum" pour non. À cela, s'ajoutaient les doux bruits d'égouts faits par l'aspirateur à salive qui était manié énergiquement, comme on pouvait l'entendre grâce aux vocalises du tuyau d'évacuation.

Je m'efforçai de penser à autre chose, tant étaient redoutables pour moi ce qu'ils appelaient "les soins dentaires".

Je pris un des sièges et pour passer le temps, je me mis à feuilleter les quelques magazines se trouvant sur une petite table. Magazines comme il se doit... des années précédentes. Il doit y avoir une entreprise spécialisée pour les médecins, les dentistes, les laboratoires, en gros tout le milieu médical, sans oublier les coiffeurs, les garagistes, les centres de contrôles techniques, etc... qui leur fournit des abonnements à des revues et magazines datés de plus d'un an au minimum. Cela doit être un marché colossal. *(Vous vous êtes, vous aussi, posé cette question, non !).*

Le docteur était lui aussi abonné à "chats d'amour", il y avait en plus les magazines "Chats Passion", "Matou chat", "Spécial chats" et "Miaou" de quoi contenter tous les ailurophiles de passage. Je feuilletai ces magazines dédiés à la gente féline, reportages, actualités, histoires vécues, conseils de vétérinaires, de psychologues, recettes de cuisine et même le poster central pour y découvrir la "Playcat" du mois, cette lecture n'était pas des plus passionnantes mais avait quand même un avantage, cela faisait passer le temps. *(Bon c'est vrai, je vous avoue que les chatons en photos sont vraiment mignons. Attention, que cela reste entre nous !).*

Enfin, j'entendis que le tortionnaire et le torturé avaient trouvé un terrain d'entente puisqu'ils se quittaient amicalement à la porte d'entrée.

Je sortis de la salle d'attente.

- Bonjour Docteur, bonjour Madame, à l'adresse de Natacha qui se dirigeait vers le laboratoire après m'avoir salué.

- Bonjour, Monsieur Trouver, alors Natacha m'a dit que vous vouliez une confrontation générale ce soir avec tous les protagonistes ?

- Oui j'aimerai bien les avoir tous en même temps.

- Suivez-moi dans la salle des soins, nous discuterons pendant que je range mon matériel.

Je le suivis dans son repaire satanique où aussitôt il attaqua le nettoyage et le rangement de ses instruments démoniaques.

Je lui demandai inquiet :

- Avez-vous réussi à tous les faire venir pour dix-huit heures ?

- Oui, Natacha s'en est déjà occupée, elle leur a tous téléphoné pour leur donner rendez-vous à l'heure que vous avez demandée et elle a annulé tous ceux des patients prévus en fin d'après-midi.

Il appela :

-   Natacha ! S'il te plaît, imprime-moi la nouvelle feuille de rendez-vous pour aujourd'hui.

Elle revint dans le cabinet. Elle avait déjà mis son manteau et s'apprêtait visiblement à sortir, elle posa son sac et s'assit devant l'ordinateur.

-   Je me dépêche, j'ai rendez-vous avec une amie et je suis déjà en retard, me dit-elle, en pianotant sur le clavier.

Tout en continuant à mettre de l'ordre et à ranger ses instruments, le docteur poursuivit :

-   Comme vous le vouliez, nous devrions tous les avoir ce soir. J'ose espérer que vous avez des preuves solides si vous accusez quelqu'un en public ?

-   Ne vous inquiétez pas, la vérité sera dévoilée ce soir !

-   Alors vous savez qui a pu faire cela ?

-   Oui je pense, cependant je dois faire encore quelques vérifications pour confirmer certains détails.

-   Bien, j'espère vraiment que vous savez ce que vous faites !

-   Pas de soucis à avoir, j'ai l'habitude, mentais-je.

Pendant ce temps, Natacha, en deux temps trois mouvements, imprima le document.

Puis elle reprit rapidement son sac, embrassa gentiment son mari et lui dit :

-   Tu as ton repas qui t'attend dans le réfrigérateur, ne le mets pas trop longtemps au micro-ondes, cela va le dessécher, à tout à l'heure !

-   Merci, et passe le bonjour à Isabelle !

-   Je n'y manquerai pas.

Et elle sortit.

Le docteur prit la liste dans l'imprimante et me la donna.

- Vérifiez si tout le monde y est.

Je regardais la liste. Tous les suspects avaient bien un rendez-vous à dix-huit heures comme je l'avais demandé.

- Oui, ils sont tous sur la liste, cela a été difficile à les faire venir pour ce soir ?

- Non, au contraire cela a été relativement facile, Monsieur Aurélien Patique avait déjà un rendez-vous en fin d'après-midi et les autres ont des soins à suivre et quand nous leur avons proposé de prendre la place de personnes qui s'étaient désistées, ils ont tous accepté.

Je pensais : Tu parles ! Vu qu'il faut attendre un mois pour avoir un rendez-vous chez un dentiste maintenant.

Je mis la liste dans ma poche :

- Bon, je vous laisse, j'ai encore à faire. À ce soir, je serai à l'heure pour cette explication finale. Bonne après-midi.

- Bonne après-midi à vous aussi, j'ai vraiment hâte d'être à ce soir et de savoir qui de ces personnes a kidnappé Boris.

Voulant de nouveau suivre Natacha, je sortis aussi rapidement que possible du cabinet et dévalai les marches pour aller dans mon appartement où je pris prestement mes clés de voiture. Léon arriva tout de suite à mes pieds, répondant comme à son habitude au cliquetis du trousseau. On descendit les marches quatre à quatre, cela va plus vite que d'attendre notre indolent ascenseur, on sauta dans la Clio et je démarrai en trombe pour prendre au plus vite la direction du centre-ville.

Arrivé au parking du centre commercial que vous commencez à bien connaître, je pris la file de voitures qui cherchaient une place de stationnement. Les uns derrière les autres, pare-chocs contre pare-chocs, nous formions la ronde du jour. Dans cette file tournoyante, j'aperçus la Fiat 500 de Natacha, elle était toujours en train de chercher une place, j'avais ma chance ce coup-ci.

Un groupe de piétons arriva des commerces, un tremblement parcourut le long serpent métallique, les moteurs vrombissaient et les pare-chocs étaient prêts à parer les chocs ! Chacun mettait sa technique en œuvre, il y avait l'énervante technique de l'escargot qui n'est plus à décrire et la technique de : je m'arrête en plein milieu et j'attends, encore plus énervante. La technique de : j'accélère puis je freine d'un coup, la plus dangereuse. Et la technique : j'ai la chance aujourd'hui qui consiste à reconnaître un copain dans le groupe de piétons déboulant des commerces, le héler puis se me mettre devant sa voiture en attendant qu'il démarre et faire l'échange sous les yeux courroucés des autres, pas plus compliqué que cela et c'est ce qui m'arriva pour cette fois.

Une fois garé, j'ouvris comme d'habitude les fenêtres de la voiture en grand pour le flemmard de l'arrière et chercha du regard la fiat 500, je vis alors que Natacha n'avait pas eu ma chance. Je ne m'inquiétai pas pour elle, elle avait d'autres tours que les miens et surtout d'autres atouts pour se garer facilement. Elle m'en donna tout de suite la preuve en s'arrêtant près d'un gars qui avait été plus rapide qu'elle à s'engouffrer dans une place. Elle descendit sa vitre et lui balança un sourire qui le laissa bouche bée, elle parlementa dix secondes et cela suffit pour que l'homme lâche l'affaire. Chapeau bas !

Elle se gara à l'emplacement malicieusement gagné. Caché derrière les voitures, j'attendis patiemment qu'elle descende de la sienne. C'était long, très très long, je la voyais se coiffer méticuleusement s'assurant que chaque mèche était à sa place, se repoudrer en n'oubliant aucun millimètre carré de peau, se passer méticuleusement du rouge à lèvres et se remettre délicatement du mascara. Pourtant je vous assure qu'elle n'en avait vraiment pas besoin. Elle paracheva son œuvre en mettant un foulard sur ses cheveux *(alors, pourquoi avoir donc passé autant de temps à les peigner ?),* prit de grosses lunettes de soleil, refouilla une multitude de fois dans son sac et après un dernier contrôle de sa mise dans son rétroviseur, sortit enfin de sa voiture.

Elle prit la direction des magasins du centre commercial et en passant devant son infortuné bienfaiteur, elle lui adressa, en guise de S.A.V (Service Après Victoire), un petit salut de la main et un de ses sourires charmeurs. Celui-ci, qui après quelques tours de rondes supplémentaires, avait assurément le sentiment de s'être fait avoir en beauté. *(C'est le cas de le dire !).*

Elle remonta l'allée principale et je la suivis habilement en utilisant les vitrines des magasins comme miroir pour la surveiller sans être vu. *(Technique vue au cinéma et je peux vous l'assurer, cela fonctionne à merveille !).*

Arrivée à la hauteur de la pizzeria, je la vis s'engouffrer dans la salle du restaurant.

Atteignant à mon tour l'endroit où elle était entrée, je regardai à travers la vitrine espérant continuer à la surveiller discrètement. Je déchantai vite, parce qu'après m'être écorché les yeux à scruter tous les clients à l'intérieur de l'établissement, je fus incapable de la repérer. Cela n'allait pas recommencer comme hier, je ne vais pas la perdre quand même !

J'entrai à mon tour dans la pizzeria pour vérifier si elle ne s'était pas mise au fond du restaurant et après un regard circulaire n'évitant aucun endroit ni aucune table de cette grande salle, il fallut bien que je me rende à l'évidence, elle s'était de nouveau volatilisée !

Ne voyant qu'une seule solution pour attendre sans attirer l'attention, je décidai de prendre mon déjeuner sur place en espérant la voir réapparaître entre temps. Bon, j'avoue que l'odeur de la pizza qui sort de son four avec ce mélange savoureux de pain chaud et de fromage fondu m'a quand même aidé à prendre cette décision. Il n'y avait plus beaucoup de places et je pris la table la plus discrète que le serveur me proposa.

Tel un détective privé aguerri et habitué aux filatures, je me cachai derrière le menu tenu bien droit devant moi, de cette manière je surveillai la salle incognito. *(Ça fait "pro" je trouve !).*

Je commandai une salade "Caprese" comme entrée, une pizza « quattro formaggi » et un verre de chianti pour commencer, j'avais un peu faim comme vous pouvez le constater ! *(Il vaut mieux m'avoir en photo qu'à table, paraît-il !).*

L'assiette aux couleurs italiennes arriva rapidement. Le rouge des belles tomates mûres, le blanc laiteux des tranches épaisses mozzarella "di bufala" et le vert des feuilles fraîches de basilic ciselé me rappelaient mes vacances à Florence. Les volutes joliment dessinées au vinaigre de Modène et le filet d'huile d'olive vierge nappant délicatement le plat parachevaient l'œuvre culinaire *(oui, ça donne envie rien qu'en l'écrivant !)*.

Tout en mangeant mes "tomates/mozza" *(ça fait tout de suite moins glamour)*, je continuai à surveiller la salle du coin de l'œil.

Tout d'un coup, par une porte du fond, voilà que Natacha arrive accompagnée d'un petit homme brun moustachu en qui je reconnus le patron de la pizzeria. Ils étaient suivis par un play-boy de magazine, c'était un grand gars baraqué, blond aux yeux bleus et sous sa chemise tendue, on devinait une musculation à la Schwarzenegger… canon le mec. Instinctivement, dans la salle, tous les hommes se tassèrent sur leur siège pour éviter toute comparaison et toutes les femmes au contraire mirent en avant leur buste et relevèrent leur tête, elles n'avaient d'yeux que pour lui. Isabelle était bien différente de ce que j'avais imaginé. *(Relisez un peu plus haut pour comprendre avant de râler !).*

Natacha pour sa part se cachait toujours sous son foulard et derrière ses lunettes noires.

Le patron les guida vers une table inoccupée du fond et les fit asseoir. Après quelques mots échangés, il alla rejoindre le bar.

Menu en main, les deux gravures de mode commandèrent à déjeuner auprès d'un serveur de passage.

J'avais donc le temps de savourer ma pizza et apprécier mon verre de vin, j'eus même le temps de manger un succulent tiramisu et boire un café.

Pour leur part, ils se firent servir une assiette de charcuterie italienne, un soufflé Calzone, des cannolis en dessert, le tout accompagné d'une carafe de vin rouge pour lui et une salade verte et un verre d'eau pour elle. Il avait un bon coup de fourchette, c'est vrai qu'il fallait assurément beaucoup de calories pour faire fonctionner un engin de ce calibre.

Une fois terminé mon déjeuner, je m'éclipsai rapidement de la pizzeria et caché derrière un présentoir de cartes postales, j'attendis la fin du leur.

Ils sortirent peu de temps après et prirent tout de suite la sortie piétonne du centre commercial pour aller à pied vers le centre-ville.

Je les suivis à bonne distance.

Nous arrivâmes rapidement en centre-ville et ils se mélangèrent aux chalands très nombreux aux heures des repas. Heureusement pour moi, le gars était tellement grand qu'il dépassait largement d'une tête toutes les autres personnes. Les suivre de loin était un jeu d'enfant.

Au carrefour principal, ils tournèrent dans une des rues. Je pressai le pas pour les avoir de nouveau à portée de vue. Mais, arrivé au croisement des rues, impossible de les repérer ! J'avais laissé trop de marge et le temps d'y arriver, ils avaient eu largement le temps d'entrer dans une des boutiques à proximité ou prendre une des petites ruelles perpendiculaires. *(Il va falloir que je m'achète le livre "la filature pour les NULS" !)*. Je regardai rapidement à travers les vitrines de chaque magasin s'ils y étaient et je pris sur plusieurs mètres les ruelles, mais non, rien, rien de rien *(non, ce n'est pas une référence à Édith Piaf !)*, ils avaient de nouveau disparu !!.

Je me cachai au coin de la première ruelle à côté de la pâtisserie en espérant les voir reparaître. D'où j'étais, j'avais une vue sur toute la rue et tous les magasins du coin. Et j'attendis *(cela devient une habitude chez moi !)*. De longues et interminables minutes passèrent, quand venant par-derrière, je fus bousculé par un poids lourd qui me projeta face contre terre.

Je commençai à me relever quand je me sentis soulevé par le col et fut remis sur pied.

-   Excusez-moi, Monsieur, de vous avoir bousculé, je ne vous avais pas vu ! fit une grosse voix avec un fort accent slave.

C'était le colosse blond ! Du haut de sa stature, il ne m'avait même pas vu et m'avait renversé sans chuter. À côté de lui je me sentais comme Tyrion Lannister à côté de Mag Mar Tun Doh Weg *(petit clin d'œil aux amateurs de G.O.T. Pour les autres c'est ~~le nain~~ l'homme de petite taille et ~~le géant~~ l'homme de grande taille de la série télévisée Games Of Thrones).*

Natacha était à côté de lui et elle me reconnut tout de suite.

-   Oh ! C'est vous, re-bonjour Monsieur Trouver, je suis vraiment désolée, nous étions en grande conversation et nous ne vous avons pas vu.

Et en me montrant le colosse :

-   Je vous présente mon frère Dimitri.

Et en se tournant vers l'homme qui l'accompagnait :

-   C'est le détective dont je t'ai parlé, ce soir, il va nous révéler qui a kidnappé Boris.

Tout en me faisant écrabouiller, pulvériser, laminer, anéantir, aplatir la main par l'hercule, je les regardai. C'est vrai qu'ils se ressemblaient, mêmes yeux bleus, même blondeur de cheveux, même visage carré et mêmes expressions, c'était quasiment des jumeaux.

Elle poursuivit :

-   Il ne faudra surtout pas en parler à mon mari parce qu'avec mon frère, depuis plusieurs semaines, nous lui préparons un anniversaire "surprise" pour ses quarante ans. Après le kidnapping de Boris, nous avions tout annulé mais maintenant que nous l'avons récupéré, cela peut se faire et nous reprenons nos préparatifs. Nous avons loué la salle de la pizzeria pour la fête et tous ses amis et parents seront là. D'ailleurs, je voudrais bien que vous acceptiez notre invitation pour samedi soir, vingt heures à la pizzeria, moi et mon mari arriverons vers vingt heures trente, cela sera une véritable surprise pour lui, il ne se doute de rien.

J'avais récupéré ma main, ou du moins ce qu'il en restait et tout en la massant pour qu'elle retrouve sa forme initiale :

- Oui, pourquoi pas, je n'ai rien prévu pour samedi soir. Vous pouvez compter sur moi, je serais à la pizzeria pour vingt heures.

- Tant mieux ! Nous vous laissons, après le gâteau d'anniversaire que nous venons de commander chez le pâtissier, nous allons chez le fleuriste pour commander la décoration de la salle que nous avions vue l'autre jour, nous sommes tout excités à préparer cette fête. À ce soir, j'ai vraiment envie de connaître celui qui a kidnappé ce pauvre Boris.

Et ils me quittèrent rapidement. J'avais les genoux amochés, de nouveaux bleus, de nouvelles égratignures, une main en compote et de nouvelles courbatures mais cela valait quand même le coup, puisque maintenant j'avais toutes les réponses à mes questions sur Natacha.

Je repris la direction du centre commercial. Sur le parking, mon arrivée à pied jusqu'à ma voiture fut suivie, comme vous pouvez l'imaginer, par un nombre incalculable de paires d'yeux, plus un… je venais de croiser un borgne dans une petite voiture en passant.

Guettant mon départ avec avidité, les conducteurs maintenaient leurs moteurs en surrégime, je les entendais gronder dans mon dos comme une bande de fauves prêts à se battre pour la proie tant convoitée. Je démarrai et sortis du parking, laissant derrière moi la fureur d'une nouvelle empoignade.

En arrivant en bas de notre immeuble, on descendit de la voiture et au grand dam de Léon, on alla directement voir la gardienne. Quand elle me vit arriver, elle me fit un grand sourire où je ne perçus aucune arrière-pensée cette fois-ci et elle m'ouvrit la porte de sa loge.

-    Bien le bonjour Monsieur Trouver.

Puis en ouvrant la porte derrière son comptoir qui donne sur son appartement qui est contigu à la loge, elle appela son mari :

-    C'est Monsieur Trouver, viens lui dire bonjour !

Il arriva aussitôt et me donna lui aussi une poignée de main vigoureuse. *(Je ne sais pas ce qu'ils ont tous aujourd'hui, avec leur poignée de main "écrase phalanges").*

Elle prit tout de suite la parole :

-    Grâce à l'enseigne qui a été posée devant l'entrée de votre escalier, j'ai vu que vous étiez détective privé ! Avec mon mari nous comprenons mieux maintenant la surveillance des boîtes aux lettres, comme cela doit être excitant comme métier.

Elle poursuivit avec un air de connivence.

-    Au fait, vous pouvez nous en dire plus sur la femme du dentiste, vous avez dû mener une enquête après ce que je vous ai révélé sur sa supposée liaison avec ce bel homme. *(Elle est concierge, n'oubliez pas !).*

Je la rassurai rapidement sur la fidélité de la femme du dentiste et sur l'identité de l'homme avec qui elle avait été vue. Je vis à sa mine qu'elle était déçue de cette nouvelle, elle s'attendait à bien plus croustillant. Pour couper court à ses questions, je me tournai vers son mari.

-    Vous avez quelques minutes à m'accorder, je voudrais vous parler de quelque chose qui me tient à cœur.

Après cette discussion plus que constructive, je saluai ces braves gens, et pour la grande joie de Léon, on entama notre tour rituel du bâtiment avant de rentrer.

De retour dans notre appartement, la première chose que je fis fut de rayer de nombreuses lignes sur mon tableau qui concernaient la belle Natacha. Léon s'assit et se mit à regarder mon tableau d'un air interloqué.

Je m'assis et lui expliquai. *(Oui je sais, je parle à mon chien, cela peut vous paraît étrange, mais ceux qui en ont un me comprendront).*

- Tu sais, lui dis-je, « je n'avais jamais vraiment cru à la culpabilité de la femme du dentiste et pourtant elle avait :

   o Le mobile : Elle est jalouse de ce chat qui lui prend une partie de l'amour de son mari, "j'ai deux amours dans ma vie, Natacha et Boris" me disait-il.

   o L'opportunité : Elle pouvait très bien prendre Boris quand elle est sortie avant les quatre derniers rendez-vous, " j'ai pris le patient suivant et Natacha est partie faire quelques courses pour le dîner ", toujours selon son mari.

   o Les moyens physiques : Elle est capable d'écrire les courriers avec des lettres découpées dans des magazines, elle a la possibilité d'étudier les lieux pour la remise de la rançon et elle pouvait envoyer l'homme avec qui elle avait été aperçue pour récupérer la rançon cette nuit. »

Il me regarda d'un air attentif, ce qui m'incita à poursuivre mon explication.

- Tu sais Léon pour quelle raison je n'y croyais pas ? Il n'avait pas l'air de le savoir, alors je lui expliquai. « Tout simplement pour la question qui n'avait pas de réponse sensée, c'est à dire : Pourquoi aller jusqu'à demander une rançon ? Tu ne crois pas que faire disparaître Boris suffisait pour satisfaire sa soi-disant jalousie et avoir son mari rien que pour elle ? »

Il pencha sa tête sur le côté d'un air dubitatif.

- Bon, tu pourrais me dire qu'une fois le rapt effectué, devant la tristesse de son mari, elle aurait pu imaginer ce stratagème de remise de rançon pour lui rendre Boris sans être compromise. Ok d'accord, mais avoue qu'elle est tirée par les cheveux ta supposition maintenant que nous avons compris le pourquoi des rendez-vous secrets et avec qui. Et surtout, la preuve la plus importante à mes yeux, c'est l'amour qu'elle a pour ce chat, amour que j'ai pu sentir ce matin "Elle avait des larmes aux yeux, elle était réellement heureuse d'avoir récupéré Boris" *(relisez la scène si vous ne me croyez pas !)*. Voilà, tu es satisfait de mes explications ?

Sa queue balaya le sol, il pencha sa tête de l'autre côté avec un regard explicite en guise de réponse. J'en déduisis qu'il était satisfait.

Chapitre 14

Y'a un monstre sous mon lit .... *(Renaud)*

Pour étayer ma démonstration de ce soir lors de la confrontation finale, il fallait absolument que j'inspecte l'appartement du jeune, si c'était lui le kidnappeur je devrais trouver facilement des traces de Boris dans une des pièces. Mais vu comment il m'avait reçu la première fois, il fallait que j'arrive à m'introduire chez lui quand il n'était pas là. *(Comment va-t-il faire ? Je vous entends déjà... Allons ne soyez pas impatients, lisez la suite).*

Heureusement, depuis quelques semaines, je m'entraînais avec tout un jeu d'outils pour ouvrir les serrures, appelé "Kit d'outils de crochetage", kit acheté directement sur internet qui, aussi étonnant soit-il, est en vente libre. Kit à n'utiliser qu'en cas de perte de clés ou de dépannage chez les voisins. *(Je sais, ils disent tout cela !).*

Après avoir passé des heures et des heures à faire des essais avec les différents outils, plus aucune serrure de cadenas ou de porte ne me résistait, je les ouvrais en un rien de temps ... en tout cas les miennes.

Sachant que le jeune sortait toujours dans l'après-midi, j'attendis patiemment la pétarade du scooter *(vous avez remarqué que je ne prends pas une bière fraîche en attendant. Depuis vos remarques je fais attention, je ne voudrais pas avoir la ligue antialcoolique sur le dos)*. Normalement il rentrait tard, il fallait quand même que je fasse vite, je n'oubliai pas qu'il avait rendez-vous chez le dentiste à dix-huit heures avec les autres pour ce que j'espérais être "le grand final".

Une fois entendue la douce mélodie de ses échappements libres s'éloigner et se perdre dans les rues, je montai les deux étages qui nous séparaient et vérifiai, en sonnant à chaque porte que les deux appartements étaient bien vides. Rassuré, j'entamai l'ouverture de la porte du jeune. Il y avait deux serrures, celle du bas était à l'ancienne comme la mienne, elle s'ouvrait avec une belle clé ronde et celle du haut était un peu plus compliquée, c'était un verrou à clé plate.

Je commençai par celle du bas qui me semblait être la plus facile. Je pris les grandes tiges aux bouts courbés de mon kit et les introduisis dans la serrure comme je l'avais expérimenté de nombreuses fois dans ma propre serrure, et quelques mouvements plus tard, un gros "clac" se fit entendre...Je venais de casser un de mes outils dans la serrure !!

Pas de panique, j'essayai de me rassurer.

Je fouillai dans ma trousse à outils et je trouvai une petite pince à bouts fins. Après plusieurs minutes d'effort, je ne réussis qu'à... me blesser un doigt ! Je pris un mouchoir en papier de ma poche pour essuyer les quelques gouttes de sang et m'en faire un pansement grossier *(je vous avais prévenu pour l'hémoglobine)* et je repris mon travail d'horloger. Après quelques minutes d'efforts supplémentaires, je sortis le bout de la tige qui s'était cassée dans la serrure, ouf !

J'essayai de nouveau d'ouvrir cette maudite serrure. J'y introduisis deux crochets plus gros et manœuvrai le tout dans tous les sens, j'entendis un "clic" je forçai un peu plus et "re-clic", la grosse serrure était ouverte !!.

Maintenant le verrou du haut. Pas facile celui-là, les outils à introduire étaient beaucoup plus petits et plus fins et il fallait les introduire par deux ou trois. Après une multitude d'essais, je me rendis compte qu'il m'était impossible de faire tourner le canon de cette serrure, je sentis qu'il y avait plus de jeu dans le sens de la fermeture que de l'ouverture......*(Bon, c'est vrai, je n'y avais pas pensé avant !)* je pris la poignée de porte, la tourna, poussa la porte et ... elle s'ouvrit, il n'avait pas fermé le verrou du haut en partant ! *(Vous aviez encore une fois raison !).*

Je m'introduisis dans l'appartement et fermai la porte à double tour de verrou.

Cela sentait le renfermé, cependant une forte odeur prédominait, cela sentait la crasse. C'était un mélange d'odeurs de pieds sales, de vieilles poubelles pourrissantes, de vêtements crasseux, de nourriture avariée et plus si affinités. L'appartement n'avait pas été aéré depuis des années, c'était suffocant, il flottait aussi dans l'air une odeur d'herbes aromatiques ... du basilic, du thym, du laurier ? J'hésitai à me prononcer. Tous les volets étaient fermés, l'appartement n'avait pas été nettoyé depuis des lustres et dès l'entrée, il y avait des vêtements sales au sol et tout était recouvert d'une épaisse couche de saleté.

Dans la cuisine, l'évier était plein de vaisselle sale, des traces de moisissure ornaient joliment les assiettes en formant de belles arabesques veloutées vertes et marron. La poubelle débordait, la petite table était elle aussi encombrée, il y avait des boîtes de céréales vides, des cendriers pleins et des bols sales où là aussi verdissaient des fonds de lait et bien sûr, confirmant l'odeur qui flottait derrière cette puanteur, le petit sachet d'herbe "aromatique" avec le nécessaire pour préparer de beaux joints : rouleuse pour des joints coniques parfaits et papier à cigarette.

Dans le séjour, il y avait de beaux meubles, une belle table en bois qui avait grand besoin d'un bon coup d'éponge et d'une couche de cire, elle était entourée de six chaises du même bois et du même style, une magnifique bibliothèque avec quelques livres anciens qui se battaient en duel, un grand buffet avec plusieurs vielles pendules dorées posées dessus et une grande vitrine avec sur quelques étagères de jolies petites sculptures en bronze. Dans un coin, un canapé de cuir vert encombré de sacs vides de chips et de pop-corn était entouré d'une multitude de canettes de bière toutes aussi vides et lui faisait face un téléviseur antédiluvien, plus profond que large. Je m'attendais presque à y voir la tête de Léon Zitrone apparaître après l'affichage du logo de l'ORTF. *(Je vous parle d'un temps que les moins de ~~vingt~~, ~~trente~~, ~~quarante~~, cinquante ans ne peuvent pas connaître. (Charles Aznavour !)*

Dans la chambre, la fenêtre fermée et les volets clos maintenaient la pièce dans la pénombre, l'odeur était quasiment insoutenable. Le lit défait était recouvert de draps qui n'avaient certainement jamais vu de machine à laver ou alors juste en photo et il y avait là aussi des vêtements sales éparpillés dans tous les coins. La belle armoire avait subi un coup de pied colérique sur une des portes, l'autre était béante sur une penderie où étaient suspendus de vieilles robes et de vieux manteaux et sur l'étagère du haut il y avait des cartons à chapeaux. Je contournai le lit, quand ....

J'entendis un bruit de clé tournée dans la serrure de la porte d'entrée. Je fus saisi de stupeur, mes cheveux se dressaient sur la tête, j'étais tétanisé.

La voix du jeune se fit entendre :

- Mais qu'est-ce que c'est que ce binz ! *(Film "les visiteurs")*, je n'arrive pas à ouvrir.

J'avais été tellement occupé par l'ouverture des serrures puis par le début de la visite de ce sanctuaire nauséabond que je n'avais même pas entendu le bruit du scooter qui revenait!

Il essaya plusieurs fois ses clés. Serrure du bas, verrou du haut, je l'entendais pester en tournant ses clés dans tous les sens.

- Ça, c'est incredible *(il se souvient de ses cours d'anglais on dirait !)*, je ne ferme pourtant jamais au verrou !!

Je cherchai du regard où je pouvais me cacher, la penderie étant pleine, je me jetai au sol en espérant rouler sous le lit. C'est moi qui ai grossi ou les lits sont plus bas maintenant ? *(Je pris la deuxième option)*. C'est donc avec beaucoup de mal que j'arrivai à me glisser en dessous. Je n'y étais pas seul, tant s'en faut ! À la lueur des rais de lumière qui passaient à travers les persiennes, je pouvais voir des moutons suffisamment gros pour filer assez de laine pour me faire un gros pull pour l'hiver, des chaussettes raides de crasse à l'odeur de vieux cantal proche de la putréfaction, des caleçons pas très propres *(No comment !)*, et tout un tas d'O.C.N.I *(Objets Crados Non Identifiés, pour les non-Ufologues)*.

Je l'entendis entrer.

- J'comprends que tchi avec cette lourde, c'était ouvert en bas et fermé en haut !

Une petite voix féminine lui dit :

- T'étais sûrement complètement shooté.

- Ouaip t'as raison. Tu veux une bière fraîche?

- Oh oui, je veux bien.

- Entre, vas-y enlève ton blouson, mets- toi à l'aise.

J'entendis leurs pas dans l'entrée.

- Waouh ! Dis donc, ça chlingue grave chez toi, c'est le gros sbeul *

- Ouais ! Je sais, t'as raison, c'est chez ma grand-mère et elle ne fait jamais le ménage et elle ne veut pas de femme de ménage, elle est bien trop grippe-sou. *(Plus c'est gros, plus ça passe !)*

Ils se dirigèrent vers la cuisine et j'entendis la porte du frigo s'ouvrir.

- Et voilà une petite mousse bien fraîche pour ma princesse.

Elle rit bêtement :

- Toi tu sais parler aux meufs, hi, hi, hi !

Il rit encore plus bêtement, hi-han, hi-han *(Genre âne qui braie pour vous donner une idée).*

- Allez viens, fais pas ta farouche!

Ils s'échangèrent des baisers entrecoupés de petits rires niais.

En les entendant se rapprocher de la chambre, je commençai à redouter la suite des opérations. Vu la place qu'il y avait entre le sommier et moi, s'ils s'allongent sur le lit, je les aurai directement sur moi ... houlala !

- Ah ! Non, dit-elle, ça chlingue vraiment trop !

J'étais tout à fait d'accord !

- T'inquiète, on s'habitue.

Là, je n'étais pas d'accord du tout.

Ils continuaient à s'embrasser en se dirigeant vers la chambre, mais je sentis qu'elle avait ralenti les échanges.

- Ah non ! ce n'est vraiment pas possible, cette horrible odeur me coupe l'envie, comment fais-tu pour vivre ici ?

- Arrête avec cette histoire d'odeur ! Les autres ne me font pas ce cinéma.

(Ah super, la phrase de trop qui allait peut-être me sauver !)

- Les autres ? Qui ça ? Cette pouffe d'Aurélie, je parie !!

(Hé oui !!)

- Ben non t'es teubé, allez viens, fais pas ta diva !

- Non c'est terminé, je veux rentrer.

Je les entendai s'agiter, je compris que le bougre ne voulait pas lâcher l'affaire et pour essayer de rattraper le coup, je l'entendis lui dire des mots "doux" tout en essayant de l'embrasser.

- T'es belle comme un scooter neuf, tu sens bon comme du shit marocain, je volerai la caisse de la supérette pour toi *(que des grands classiques !)*.

Mais c'était râpé pour lui :

- Lâche-moi maintenant ou j'le dirai à mes frères ! lui dit-elle d'un ton sec.

Ça a eu l'air de marcher :

- D'accord, t'es pas cool comme meuf.

- Ramène-moi à la cité, j'vais pas taper l'incruste ici et t'iras rejoindre ta pouffe après.

- Je t'assure, il y'a plus rien entre nous, c'est le ghosting* je te l'ai déjà dit.

- T'es qu'un shlag* de bolosserie* aigüe *(avouez que c'est l'insulte suprême quand même)*, ramène-moi tout de suite en scoot ou je rentre à pied.

Courageuse la gamine, il y a au moins deux cents mètres à faire pour rejoindre la cité !

Je l'entendis râler, prendre son blouson qu'il avait jeté par terre et à mon grand soulagement il lui dit :

- Bon, allez viens j'te ramène dans ta street.

Ils sortirent.

Avant de sortir de ma cachette, j'attendis qu'il ferme à clé sa porte et que l'ascenseur les avale.

Je sortis difficilement du dessous du lit, enleva de mes vêtements les quelques moutons qui m'avaient déjà adopté et je poursuivis mon inspection de l'appartement. Dans la deuxième chambre qui avait été meublée en bureau, il y avait de larges bibliothèques à moitié vides, un beau bureau en bois et des vitrines dont les étagères étaient elles aussi quasiment vides, il n'y restait que quelques bibelots. Pour finir en beauté, je jetai un coup d'œil rapide dans la salle de bain et les toilettes, confirmant l'insalubrité de l'appartement.

J'en avais assez vu et senti assez de mauvaises odeurs dans ce cloaque, il était temps de sortir. Après m'être assuré par l'œilleton qu'il n'y avait personne sur le palier et grâce, une nouvelle fois, à mes outils de ~~cambrioleur~~ serrurier, j'ouvris la serrure du bas que le jeune avait fermé. Je sortis sans bruit et bouclai la porte de la même façon que le jeune l'avait fait et je regagnai mon logis assez content de moi.

(*Vous avez vraiment cru que je vous faciliterai le travail ? Hé bien non. Pour la traduction de ce langage étrange, faite une recherche sur Qwant, (si vous voulez éviter les moteurs US que sont Google, Bing, Yahoo…)).

Chapitre 15

On est en finale, on est en finale. On est on est, on est en finale ... *(Coupe du monde de foot 1998)*

Après avoir relu maintes fois mon argumentaire pour préparer mon "one-man show" et l'avoir déclamé en boucle à mon Léon, j'étais fin prêt. Comme convenu, à dix-huit heures sonnantes j'étais devant le cabinet du dentiste, je sonnai puis poussai la porte.

Le dentiste et Natacha étaient dans l'entrée à m'attendre.

Il s'avança pour m'accueillir :

- Vous voilà, c'est bien vous êtes à l'heure, mais ils ne sont pas tous arrivés. Monsieur Quitoi n'est toujours pas là.

- Cela ne fait rien, comme il a un rendez-vous pour des soins, tôt ou tard il arrivera bien. En attendant, commençons sans lui, nous n'allons pas faire attendre les autres.

- Bien, ils sont dans la salle d'attente, vous pouvez aller les rejoindre.

Comme un artiste, j'avais le trac, il faut dire que c'était ma première ~~représentation~~ confrontation à des suspects. J'allai leur faire part de mes réflexions et découvertes, leur exposer mes conclusions et pour finir accuser l'un d'eux, ce n'était pas une tâche facile.

Je pris une grande bouffée d'air et entra ~~sur scène~~ dans la salle d'attente. Je saluai les personnes présentes.

- Bonjour à tous. Ma voix chevrota, on aurait dit Julien Clerc !! *(On a les références que l'on peut !)*.

Ils levèrent à peine leurs yeux des revues d'un autre âge qu'ils avaient en main, me prenant pour un patient parmi d'autres.

D'un côté de la pièce, il y avait les deux sœurs jumelles serrées l'une contre l'autre et le jeune couple assis côte à côte, Aurélien avait l'air d'être en bien meilleure forme que lors de notre précédente rencontre. De l'autre côté, il y avait Mme "Matous" beaucoup plus habillée que je ne l'avais vu chez elle qui me fit un sourire salace au passage.

J'avais pris mon tableau que j'installai au fond de la salle devant la fenêtre à la vue de tous *(oui, j'ai bien enlevé les feuilles où étaient inscrits mes annotations et réflexions sur cette affaire... ptffff ne vous inquiétez pas).*

On entendit sonner à la porte, je fis demi-tour pour aller dans l'entrée. La porte s'ouvrit brutalement et le jeune fit son entrée puis il la referma tout aussi violemment.

Il avait environ vingt-cinq ans, pas très grand et il n'était vraiment pas gros le gars, limite maigre, il avait des cheveux bruns, longs et gras qui arrivaient aux épaules, un visage émacié dont la couleur de peau tirait vers le jaune et ses yeux marron étaient injectés de sang. Ce qu'il prenait ne lui réussissait vraiment pas et ce n'était certainement pas que la "fumette" que j'avais vue dans son appartement qui le mettait dans cet état.

En me voyant, il s'arrêta net, réfléchit un peu, puis fit comme s'il ne m'avait pas vu, continua vers la salle d'attente, entra et sans un mot, prit de la lecture sur la table basse, s'assit à côté de Madame Guicheuse et s'isola en plongeant son attention dans le magazine vintage.

Je le suivis dans la salle d'attente et en parlant beaucoup plus fort cette fois et d'un ton beaucoup plus convaincant, j'annonçai :

-       Puisqu'enfin nous sommes au complet. De nouveau bonjour à tous !.

Ils me regardaient tous avec des yeux ronds et un air interloqué se demandant pourquoi je prenais la parole dans la salle d'attente du dentiste.

Je continuai :

- Comme vous avez pu le constater en lisant la nouvelle plaque que j'ai fixée au mur devant l'entrée de l'immeuble, je suis détective privé.

(Et c'est l'instant tant attendu du jeu de devinettes ! Le jeu consiste à retrouver qui les a prononcées.)

- Ah bon ! en duo parfait.

- Rien à cirer, t'es un bolos* !

- Détective privé .... C'est excitant mon chaton !

- Oui, nous l'avons vu, félicitations.

(Si vous avez répondu : Dupont-Dupond, Joey Starr, Garfield et Roméo et Juliette, là je vous tire mon chapeau, vous avez encore plus d'imagination que moi !) .

Je continuai :

- C'est pour cette raison que le Docteur m'a demandé d'enquêter......

J'attendis un regard d'étonnement ou d'intérêt mais non, ils restèrent de marbre les yeux fixés sur moi.

Je poursuivis donc :

- D'enquêter pour une affaire de kidnapping ....

Toujours rien, aucune réaction, c'était décevant, ils étaient tous bouche bée et continuaient à me regarder avec leurs yeux de merlan frit sans rien dire.

- ..... de kidnapping de son chat !

- Quelle conn..... qui voudrait kidnapper une de ces sales bestioles, me lança celui que vous devinez.

Je vis "Madame Matous" lever sa canne vers le jeune qui s'était malencontreusement assis à côté d'elle.

- Dire du mal de ces petits chéris .... attaqua-t-elle.

- Non ! criai-je, « Madame Mat...heu … Madame Guicheuse, ne le frappez pas! »

- Ho ! t'es tarée la vieille, se défendit le jeune en la repoussant, puis il décida par précaution de s'asseoir un siège plus loin.

- C'est absurde ce que vous dites, Monsieur Trouver puisque le chat est dans les bras de sa maîtresse, me dit Élodie.

Tous les yeux se tournèrent vers Natacha qui avait Boris dans les bras.

Je bafouillai :

- Heu …, oui il est revenu ce matin.

- Ben alors ! Qu'est-ce que tu racontes, t'as craqué ton string ou quoi ? *(Bon là pas besoin de préciser, vous savez de nouveau qui parle).*

- Mais vous savez comment ils sont, ce sont des petits fugueurs ces petits chéris et celui-là est rentré sagement à la maison pour retrouver son papa et sa maman. *(Là aussi !).*

Cela énerva le dentiste :

- Non Madame, Boris, en montrant son chat, « n'est pas un fugueur, quelqu'un l'avait bel et bien kidnappé et surtout on m'a demandé une rançon de deux mille euros. Rançon que j'ai payée pour le récupérer ! »

- Fiiiiiiiiiiiiiiiiiiii, siffla le jeune, « cela en fait de la maille ».

Cela renforça la colère du dentiste :

- Oui cela fait une belle somme et je l'ai donnée au kidnappeur …

Et il les désigna un par un du doigt.

-   ET LE KIDNAPPEUR EST DANS CETTE PIÈCE !!!!!

Cela jeta un froid, tous se regardèrent.

Il continua sur sa lancée :

-   C'est pour découvrir le coupable que j'ai fait appel à un professionnel qui va nous dire qui est le coupable ! Allez, Monsieur Trouver, dites-nous tout.

Je toussotai et attaquai tremblant ma démonstration.

J'inscrivis en gros sur mon tableau "LE MOBILE"

Et je commençai :

-   Vous aviez tous le même mobile, et tout en le notant sur le tableau, « L'ARGENT, tous, sauf Madame Guicheuse ... n'est-ce pas ? » et me retournant vers elle : « Vous n'avez pas de problèmes d'argent, il me semble ».

-   Pour sûr ! Mon mari m'a laissé en héritage plus d'argent que vous tous réunis en avez, s'énerva-t-elle !

-   Oui, je sais cela. Vous, c'est la jalousie qui pourrait être votre mobile, vous ne supportez pas que le dentiste ait un chat bien plus beau que tous les vôtres réunis.

Vexée, elle ne répondit pas.

Et me tournant vers les vieilles sœurs jumelles :

-   Vous mesdames, vous avez du mal avec vos petites retraites, en plus il va falloir payer pour les nouveaux travaux qui ont été votés en assemblée générale et cela ajouté au salaire de votre aide-ménagère vous mettra en difficulté.

Elles baissèrent la tête :

-   Et vous, en regardant le jeune couple, vos achats ont dépassé largement votre budget et cela va être dur de finir le mois.

Ils se rapprochèrent l'un contre l'autre comme des ados pris en faute.

- Quant à Monsieur Thierry Quitoi, il a d'autres soucis. Je fixai mon regard sur lui. « Ne travaillant pas, vous touchez juste le RSA, malheureusement vos achats de "beuh", de "shit" et autres substances illicites engloutissent tout ».

- N'importe quoi, quel bouffon !

Faisant fi de ses commentaires, je retournai au tableau.

- Vous voyez, vous aviez tous un mobile, en soulignant deux fois le mot.

En dessous de "LE MOBILE" je marquai "L'OPPORTUNITÉ", puis je me retournai vers ~~mon public~~ l'assemblée. *(Oui je sais, j'y reviens, mais sans "l'opportunité" il n'y a pas d'affaire. C'est un petit rappel aux grognons qui me l'avaient fait effacer de ma liste au début de mon enquête, rappelez-vous !).*

- Hormis Monsieur Aurélien Patique, absent ce jour-là, vous aviez tous l'opportunité de prendre le chat en sortant, et cela sans être vu des autres puisque la porte d'entrée du cabinet et le couffin où s'installe Boris, sont invisibles de la salle d'attente.

J'entourai les deux mots de mon tableau :

- En résumé, en plus du mobile, tous ceux qui étaient dans la salle d'attente en fin d'après-midi ce jour-là en avait l'opportunité.

Personne ne parlait, ils attendaient la suite, j'étais enfin parvenu à les rendre attentifs.

J'allai vers Natacha, prit Boris dans les bras.

- Pauvre Boris !.. il ne peut pas nous dire qui l'a pris, et pourtant c'est l'un d'entre vous !

Je poursuivis :

-   Maintenant, voyons les moyens.

En passant, je posai Boris sur les genoux d'Aurélien et allai noter sur mon tableau "LES MOYENS PHYSIQUES".

Me retournant vers eux à la manière d'un prof devant ses élèves, je poursuivis mon exposé.

-   Pourquoi avoir noté "LES MOYENS PHYSIQUES" ? interrogeai-je.

Et sans attendre de réponse,

-   Parce que le kidnappeur pour la remise de rançon est passé par le local de l'ascenseur en haut de l'autre escalier de notre immeuble. Il a dû emprunter une petite échelle pour ouvrir la petite porte qui permet d'accéder au toit plat commun aux deux escaliers et par ce toit, il a rejoint et ouvert la même petite porte du local d'ascenseur de notre escalier, descendu la petite échelle qui s'y trouve, pris l'enveloppe contenant la rançon et refait tout ce chemin à l'envers, et il a fait tout cela de nuit ! Il faut avoir le physique pour ce genre de prestation, vous ne pensez pas !

Je balayai du regard l'assemblée et je m'arrêtai sur les sœurs jumelles qui étaient tête basse.

-   Mesdames, vous avez le mobile et l'opportunité, mais vous n'avez pas les moyens physiques d'aller récupérer la rançon, cela se voit !

Elles redressèrent leur tête :

-   Cependant vous pouviez demander à votre aide-ménagère de le faire pour vous, elle est jeune et en bonne forme physique et comme elle me l'a dit, elle ferait tout pour vous faire plaisir et garder son travail.

Elles rabaissèrent leurs têtes :

Malgré cela, ce n'est pas vous ... *(Roulement de tambour).* Les lettres envoyées par le kidnappeur ont été écrites à l'aide de lettres découpées dans des journaux et magazines et vous avez toutes les deux de l'arthrite aux mains, vous empêchant d'utiliser la paire de ciseaux nécessaires pour découper chaque lettre. Je l'ai vu chez vous quand vous n'avez pas pu ramasser les bouts de la soucoupe que j'avais fait tomber au sol et qui s'était cassée en mille morceaux.

Elles redressèrent définitivement leurs têtes *(c'est bon les mouvements de gymnastique pour les vieux paraît-il)* et en cœur avec un grand sourire :

-   Ah bon ! *(C'était trop tentant).*

-   J'ai parlé de vos soucis d'argent au mari de la concierge qui travaille dans les services sociaux de la mairie, il m'a dit que dans votre situation vous avez certainement le droit à des aides, il m'a promis qu'il viendra vous voir pour cela. *(C'est mon côté "aide sociale")*

Les deux sœurs de nouveau en cœur :

-   C'est gentil Monsieur Troué !

Je ne relevai pas cette énième erreur sur mon nom et pourtant ça m'énervait !

Me tournant vers "Mme Matous" :

-   Madame Guicheuse, nous avons vu que vous aviez le mobile et l'opportunité, quoique si c'est vous qui aviez kidnappé le chat, on pourrait se poser la question de savoir pourquoi aller jusqu'à la remise de la rançon ?

De nouveau sans attendre de réponse :

-   J'ai une réponse possible qui serait, qu'en allant jusqu'au bout de cette machination, vous vouliez juste donner une leçon au dentiste, ce Monsieur "j'ai le plus beau chat de la ville". Toujours est-il qu'il fallait lui rendre son chat très rapidement pour ne pas que cette pôvre petite bête ne soit traumatisée par l'absence de ses maîtres et c'est peut-être pour cela que ce kidnapping a été réglé en deux jours. Et aller jusqu'à la remise d'une rançon était très malin pour écarter tous les soupçons, en sachant que l'argent n'était pas votre mobile puisque le montant de la rançon est une somme insignifiante pour vous.

Et je continuai :

- Vous auriez pu découper les lettres comme le kidnappeur l'a fait, vous avez les mains assez vigoureuses, on a tous vu comment vous maniez votre canne ! Par contre, cela se voit, vous n'aviez pas les moyens physiques de récupérer la rançon.

Je laissai quelques secondes passer ...,

- Cependant votre neveu, votre seul héritier pouvait le faire à votre place. Étant un sportif accompli, il en a les capacités physiques et il ne peut rien vous refuser de peur d'être remplacé par vos chats sur votre testament.

Tous les regards se portèrent vers elle. Elle s'était recroquevillée ne sachant quoi répondre.

- Mais ce n'est pas vous ! ... *(Je ne vous refais pas le coup du roulement de tambour, j'ai pitié pour vos oreilles !).* J'ai vérifié à l'agence de voyages où il travaille. Votre neveu partait en séminaire en Bretagne hier soir, il lui était donc impossible de récupérer la rançon cette nuit.

Elle me fit un grand sourire charmeur, à sa façon bien sûr, c'est-à-dire racoleur, plein de sous-entendus. J'en frissonnai.

- T'es malin comme un chat, me dit-elle.

Et avec un clin d'œil :

- Tu viendras prendre un café, on reparlera de tout cela en tête à tête. *(Avouez que ça fait peur quand même).*

Je ne répondis pas et me plantai devant le jeune.

Il était impressionné par les arguments que je donnais à chacun et avant même que je lui parle, il se défendit sans agressivité pour une fois et avec même un peu de crainte dans sa voix:

- Je n'ai rien à me reprocher, je n'ai pas touché au matou du toubib !

- Je sais. L'argent est votre mobile et en étant le dernier patient le jour du kidnapping, vous aviez la meilleure opportunité. De plus, cela se voit, vous avez les moyens physiques d'écrire les lettres et de récupérer la rançon en passant par le toit. Mais je sais que ce n'est pas vous, pour la bonne et simple raison que vous avez trouvé un autre moyen pour faire face à vos achats de produits stupéfiants.

Il prit un air étonné :

- Qu'est-ce que tu racontes, pauvre débile ?

Il avait repris du poil de la bête ! Je continuai quand même :

- Tout simplement, vous vendez tout ce qui a de la valeur dans l'appartement de votre grand-mère, ses vieux livres, ses magnifiques bronzes et ses horloges anciennes.

- Tu dis n'importe quoi mon vieux !

- Oh que non ! je vous ai vu avec les receleurs de la cité, je ne suis pas sûr que votre mère va être contente de votre petit trafic, elle vient vous voir demain pour cela.

- Sale cafteur !

Je me tournai à présent vers Aurélien qui avait reposé Boris au sol depuis longtemps.

- Il ne reste que vous, vous avez le mobile, l'opportunité et les moyens physiques !

Il avait les yeux rouges, le nez qui coule et avait éternué plusieurs fois.

- Voyons, Monsieur Trouver, si j'ai bien compris, vous savez que je n'étais pas présent lors de la disparition du chat du dentiste ? Cela fait que je n'avais pas l'opportunité de prendre le chat !

- Oui c'est vrai, ce n'est pas vous qui avez kidnappé le chat du dentiste, c'est votre compagne !

Imperturbable, il continua :

- Mais vous nous avez dit aussi que pour aller chercher la rançon il fallait passer par le toit plat de l'immeuble et par un soi-disant local d'ascenseur au dernier étage. Nous sommes nouveaux ici et nous ne savons pas comment sont configurés les étages supérieurs au nôtre et en plus pour entrer dans les cages d'escalier, il faut le badge magnétique propre à chaque escalier et je n'ai que celui de notre escalier !

- Vous omettez de dire que lors de votre recherche d'appartement vous avez visité un appartement dans notre immeuble au quatrième étage de l'escalier d'à côté *(pour ceux qui ont la mémoire qui flanche, relisez mon entrevue avec le jeune couple)* et c'est à ce moment-là que vous avez pu voir la disposition des lieux du dernier étage sans y prêter vraiment attention sur le coup mais quand vous avez cherché un endroit pour récupérer la rançon sans être vu, vous vous êtes souvenu de cette configuration et réalisé qu'elle est exactement la même que dans notre escalier. Vous avez assurément été voir le local de la machinerie d'ascenseur et en plein jour c'est facile d'apercevoir la petite porte au fond du local qui donne sur le toit plat de l'immeuble et c'est comme cela que vous avez imaginé la remise de rançon. Cela ne vous gêne pas de monter sur les toits, vous n'avez pas le vertige, puisque vous pratiquez l'escalade dans le Vercors, c'est même là que vous avez rencontré votre compagne n'est-ce pas !

Il ne disait pas un mot, je poursuivis mon explication.

- Et pour passer d'un escalier à l'autre de notre immeuble, rien de plus simple, il suffit de prendre le couloir de caves commun aux deux escaliers, personne ne prend la peine de fermer à clé la porte de l'un et l'autre escalier descendant aux caves, elles sont toujours ouvertes, cela aussi je l'ai vérifié. Et je me suis longuement demandé pourquoi le kidnappeur avait toujours un coup d'avance sur moi et qu'il arrivait toujours à m'éviter ? C'était simple en fin de compte. Vous avez été les premiers à voir que j'étais détective privé grâce à la carte de visite épinglée sur ma porte et votre compagne m'a certainement vu parler à la femme du dentiste lors de ses allées et venues pour transporter ses cartons de sa voiture à l'appartement. À partir de ce moment, pensant à juste titre que le docteur m'avait confié l'enquête, vous vous êtes méfié de moi et il était vraiment facile pour vous de guetter mes allées et venues puisque vous habitez juste en face de chez moi.

Après un éternuement, et s'être mouché plusieurs fois, il insista :

- Et alors cela ne prouve rien !

- Non, mais votre allergie vous dénonce, vous voyez comment elle réapparaît vite dès que vous touchez un chat, vous n'avez eu Boris que quelques minutes sur les genoux et vous êtes déjà en train de vous moucher et d'éternuer. C'est bien parce que c'est dans votre appartement que le chat du dentiste a été séquestré que cela vous a provoqué la crise d'allergie dont j'ai vu les effets lorsque j'ai aidé votre compagne à porter des cartons chez vous et vous devez être extrêmement sensible car les Sibériens font partie des races de chats les moins allergènes.

- Ce n'était qu'un gros rhume !

- Oh non ! C'était bien une allergie, j'ai vu des antihistaminiques et l'ordonnance sur la table de votre cuisine.

- Cela ne tient pas, Élodie connaissait mon allergie et elle n'aurait jamais kidnappé un chat.

- Mais quand Élodie a pris Boris, elle ne savait pas encore que vous étiez allergique aux poils de chat. Lors des premiers mois d'une relation amoureuse, on ne raconte pas tous ses petits problèmes de santé et elle ne pouvait pas le deviner. Vous lui en avez certainement voulu, cependant le mal était fait, il fallait aller jusqu'au bout. Quand on voit toutes les factures et lettres de relance sur votre table de salle à manger, on se rend bien compte que vous avez vraiment besoin d'argent.

- C'est bien beau votre histoire, cependant vous n'avez aucune preuve de ce que vous avancez !

- Non, c'est entièrement vrai ! C'est pour cela que j'ai demandé à un inspecteur du commissariat de police qui est un ami, de venir ce soir et il trouvera facilement des traces de Boris dans votre appartement. Avec les moyens techniques que la police a maintenant, cela sera un jeu d'enfant pour lui. *(Je sais, ce n'est pas beau de mentir, mais à ce stade j'ai besoin de leurs aveux).*

Mes accusations étaient trop précises et trop fondées.

Tous les deux se serrèrent l'un contre l'autre et fondirent en larmes.

- Non, ne le faites pas venir ! Vous avez raison, c'est vrai, c'est bien nous qui avons kidnappé le chat du dentiste, nous avions beaucoup plus de dépenses d'installation que prévu et Élodie a vu une occasion de se refaire sans trop d'effort. Malheureusement elle ne connaissait pas mon allergie.

Et regardant vers le dentiste :

- Nous vous assurons que nous avons bien traité Boris pendant ces deux jours. Nous allons vous rendre votre argent, nous sommes vraiment désolés, nous regrettons ce que nous avons fait.

Je repris la parole :

- On a compris que votre compagne a fait cela sur un coup de tête, mais après, vous avez rudement bien mené votre affaire. Vos messages, en lettres découpées dans des magazines, le collant rouge à coller sur la boîte aux lettres, la demande de rançon posée sur le paillasson, le choix du local de la machinerie d'ascenseur accessible de l'autre escalier et pour finir, déposer le chat devant la porte du cabinet juste avant l'arrivée de ses maîtres alors que je venais juste de rentrer chez moi après avoir surveillé toute la nuit en haut des escaliers, oui, toutes mes félicitations, c'était vraiment bien mené. Dommage pour vous, c'était compter sans la perspicacité de GIL TROUVER ! *(Je sais, j'en fais un peu trop, mais pour ma première enquête, je suis assez satisfait de moi)*.

Après discussion, le dentiste fut d'accord pour leur pardonner, aucun mal n'avait été fait à Boris et le jeune couple lui proposa de repeindre gratuitement sa salle d'attente en échange de sa clémence.

Devant le dénouement heureux, je les rassurai en faisant mine d'envoyer un SMS à mon ami l'inspecteur imaginaire.

Les sourires étaient revenus sur tous les visages, même le jeune qui en fin de compte me remercia de ne pas avoir prévenu la police. Je ne le détrompai pas bien qu'elle n'aurait rien pu faire, aucune plainte n'avait dû être déposée pour le vol des objets de sa grand-mère et il était difficile pour moi d'expliquer comment j'avais découvert les substances illicites chez lui, n'y étant officiellement jamais entré.

Tout le monde parlait en même temps, et d'un coup...

- Mais où est Boris ? s'écria d'une voix affolée le dentiste.

Tout le monde le chercha du regard et on le vit dans un coin en train de se lécher consciencieusement.

Et tous en cœur:

- Le chat s'lave !!!!!

ÉPILOGUE

Le lendemain, je fus réveillé aux aurores par des bruits de moteur, il était bien neuf heures trente *(chacun a sa définition de l'aurore. Ça, c'est la mienne !)*. Je regardai par la fenêtre ce qui pouvait faire autant de vacarme et je vis qu'un camion était en train de manœuvrer en bas de l'immeuble. Il se gara juste devant l'entrée et je vis le jeune descendre de notre escalier et accueillir la passagère que je compris être sa mère à la façon dont les choses se passèrent. Elle ne lui donna pas de coups de sacs à main, pourtant je pense que cela l'aurait soulagé car l'énervement se voyait sur son visage. Durant la matinée, une partie des meubles et le reste des objets et bibelots qui se trouvaient dans l'appartement furent entassés à l'arrière du camion avant qu'il ne reparte.

Malgré cet événement, lorsque plus tard je croisai le jeune lors d'une balade avec Léon, celui-ci me fit un grand salut me démontrant qu'il n'avait apparemment pas d'animosité envers moi. En prenant mon courrier du jour, je trouvai une enveloppe rebondie, qui à l'ouverture me fit découvrir une belle somme d'argent et un petit mot de remerciement du dentiste *(j'aime bien comment cela finit !).*

Le samedi soir comme convenu, j'étais présent dans la pizzeria pour la fête d'anniversaire du docteur. Son épouse avait eu la bonne idée d'inviter tous les protagonistes que vous avez rencontrés au cours de cette enquête et nous étions entourés de toute la famille du docteur, de celle de Natacha et de leurs amis. Cela faisait un joli paquet de monde à attendre l'entrée de l'anniversaireux.

On nous avait placés aux tables du restaurant comme si nous étions des clients, rien de l'extérieur n'était différent d'un jour normal. Les invités s'étaient regroupés par affinités autour des petites tables. Le frère de Natacha n'avait pas eu de mal à réunir à sa table les plus jolies filles de cette assemblée. Pour ma part, la déconvenue était de mise. Devant leurs mines apeurées, j'avais, par pitié, accepté que les deux sœurs jumelles partagent ma table et Madame "Matous", malgré ma réticence affichée, avait insisté et fini par s'imposer à notre table. J'avais quand même réussi à me mettre en face d'elle poussant les sœurs jumelles à prendre les deux autres places de part et d'autre, évitant les contacts directs avec la vieille obsédée.

Quand le couple attendu arriva, ils entrèrent dans le restaurant et tout le monde continua à feindre le client lambda *(non, contrairement à ce que le neveu de la cousine de la tante du facteur pense, ce n'est pas une tribu africaine !)*. Le docteur ne se rendait compte de rien et la surprise fut totale quand la musique tant attendue de "Joyeux Anniversaire" lança le "top départ" et où tout le monde se leva, se tourna vers le docteur en criant le traditionnel "Surprise" tout en lançant des poignées de confetti du sac que nous avions reçu à l'entrée.

Cela avait été une soirée bien agréable. Je parlai un temps avec le jeune couple qui avait été agréablement surpris de recevoir cette invitation, ce qui été la preuve que le docteur ne leur en voulait plus. Le jeune avait repris des couleurs depuis que sa mère le surveillait de plus près et les quelques jours de sevrage de ses produits stupéfiants qu'il ne pouvait plus acheter lui faisaient déjà le plus grand bien. Il était maintenant souriant et parlait avec tout le monde. Je m'éclipsai assez vite avant l'épreuve de l'ouverture du bal, mes piètres qualités de danseur étaient redoutées de tous les pieds de mes cavalières potentielles.

Les semaines suivantes, je me rendis compte que j'avais acquis une certaine notoriété dans la résidence *(faut un début à tout)*. La concierge qui avait appris, par je ne sais qui, le dénouement de cette affaire le racontait à qui voulait l'entendre. Maintenant, tous les voisins me saluaient. Les concierges eux-mêmes, dès qu'ils me croisaient, s'arrêtaient pour parler avec moi et le jeune couple, qui m'était reconnaissant de ne pas avoir appelé la police, m'invitait régulièrement à des apéros, tout roulait sauf…sauf que je n'avais pas le moindre appel pour une nouvelle enquête…

Ah ! Justement, il suffit d'en parler, je vous laisse, mon téléphone sonne !

Bon, me voilà de retour, c'était mon oncle qui a un gros problème et il a besoin de mon aide. Je pars devant et on se retrouve là-bas !

Pour en savoir plus, guettez la sortie de la nouvelle enquête de Gil Trouver et de Léon : "La fourchette à gâteux".

Attendez-vous à une nouvelle histoire abracadabrantesque qui vous fera découvrir l'enfer du jeu, la rencontre avec un yéti, un spectacle plus qu'osé et bien plus encore !

Pour ceux qui commencent un livre par la fin. *(Oui, il y en a qui ont cette fâcheuse habitude !)*

Le meurtre a été commis par le colonel Moutarde, avec le chandelier, dans la salle à manger. Satisfait !

Maintenant faites comme les autres et commencez par le début.